U0087295

如果無法搭乘時光機

寺地春奈（てらちはるな）

王蘊潔——譯

導讀——

那些沒有發出聲音的同類

寫作者・編輯／蕭詒徽

寺地春奈接受日本文學網站「COLORFUL」訪問時，說到自己是左撇子：

我是左撇子，過站閘門的時候，我經常會不自覺地用左手拿ＩＣ卡，導致操作不順暢。這並不是需要大喊「請為左撇子準備專用的閘門」那種程度的不便，只要稍加努力就能解決，但是在各種場合中不得不比其他人付出更多這樣的「小小努力」，這就是壓力所在。我寫這個作品，並不是為了解決這種壓力，而只是想表達「這種不便確實存在，這樣的人們也確實存在」的想法。

這場訪問中提到的作品，是她在二〇二二年十月發表的長篇小說《站在河邊的是誰？》（川のほとりに立つ者は）：故事主角原田一直對工作能力極差的同事感到不滿，某天卻意外發現戀人藏在房間中的三本筆記。閱讀那些筆記的過程中，原田對世界的看法發生了劇烈變化。原先執著於行為的「正確性」

的他，開始留意無法以肉眼看見的、他人的「生存難題」。

這個關懷主題，也出現在比《站在河邊的是誰？》早半年出版的作品《如果無法搭乘時光機》中。相對於長篇的《站在河邊的是誰？》選定以「正常人」的角度看向他者，《如果無法搭乘時光機》中的七個短篇更靈活地穿梭在常人與異類的觀點，讓讀者得以切換理解事件的主觀——

因為無法成為別人，所以我們註定「看不見」某些東西；而這份看不見所導致的苦痛、面對這份看不見的姿態，在《如果無法搭乘時光機》中往往收束在帶有希望的、充滿可能性的行動或領悟。似乎寺地春奈總不忍心讓角色們真的流離，而她為他們準備的那些苦中帶甜的轉折，或許是她在中國被冠以治癒系作家的原因。

身為異類的不適與陣痛，及其如何尋求理解的掙扎，並不是文學的新命題。二〇〇二年，日本心理學者河合隼雄在他與作家吉本芭娜娜的對談集《原來如此的對話》中，曾提到他對當時社會彌漫的集體主義的看法：

> 現代，大家都染上了「社會」這種病。凡事都講求要對社會有所幫助才行……在每個時代裡，總有些人能夠吻合當下的時代精神。這些人可以見風轉舵，但不能因為他們見風轉舵就說他們很輕浮。就當他們正好吻合了社會的需求，隨他們去吧。

當我們關注個人的痛楚，必須先指認痛楚的根源。正如河合隼雄將「群體」視為一種病灶，寺地春奈在《如果無法搭乘時光機》中經常描繪一群對他人指指點點的配角，這些角色「吻合社會的需求」，能夠妥適地與他人交際，同時他們的生活被拿來當成異類的對比標準。不過，寺地春奈沒有停在這裡——

在〈代號暫缺〉、〈口哨〉、〈夢中情人〉等篇，她更進一步讓我們看見這些「常人」不為眾知的內面，這使得河合隼雄口中的社會病又再多了一層思考：能夠順應社會，不代表樂於順應社會。在寺地春奈筆下，社會在常人和異類身上落下同等的重量，有時，異類也反過來成為社會重量的一部分。

同樣在《原來如此的對話》，吉本芭娜娜則提到自己被稱為治癒系作家的這件事令她感到氣餒。她說：「當我們放一些舒服的音樂來聽，感覺心蕩神馳的時候，是不會因此被治癒的，那只是單純的放鬆而已。」河合隼雄表示贊同：「『感覺輕飄飄的，就能因此而治癒』，一般人都有這樣強烈的錯覺。但真正的治癒是要拚了命換來的……『自我實現』這個詞，完全被誤用了。大家總以為只要做自己想做的事，就是『自我實現』，其實完全是兩回事。」

讀完河合隼雄的發言，再讀到寺地春奈筆下的異類角色，會忽然明白為什麼《如果無法搭乘時光機》會讓我們感受到更精確的治癒。七篇故事中，就算這些不被理解的異類最初決定放逐自己、漠視群體、遂行自我的實踐，但他們總會迎來那個讓他們「跨出一步」的契機：被排擠的孩童發現自己遁逃而去的內在世界中，有足以支撐他找到夥伴的鑰匙；總是被朋友利用的女子，遇到了願意將她看作一個主體的同類……

二十年過去了，集體與個人的拉鋸不見減緩，寺地春奈顯然明白，在討論社會是否應該更加寬容之前，我們要先讓自己看見這個社會本來就已經存在的寬容，和那些或許沒有發出聲音的同類。小說中，那些看見的契機成為了角色的出口，而小說本身，則成為了現實中的我們看見的契機。

二〇二三年，寺地春奈以《站在河邊的是誰？》獲本屋大賞提名，這是將評選權交給書市第一線工作的店員的文學獎項，再次顯示寺地春奈在日本市場受歡迎的景況。當記者詢問她希望讀者如何看待她的作品，她說：「最初讀到某個角色的時候心想『我討厭這個人！』但當讀到最後，卻想『這不就是我自己嗎……』這樣的感覺很不錯。」

通過她的小說，遠處的某個人或許會看見，原來有時被當成異類的你，也就是他自己。

目次

代　號　暫　缺

我需要一個代號，並不是南優香這個戶籍上的名字，也不是朋友為我取的綽號，更不是筆名，或是寫信給廣播節目時用的聽友名，當然也不是藝名或是網路上使用的暱稱，而是代號。殺手都需要代號。

殺手、暗殺者、刺殺者、刺客，叫什麼不重要，反正我並不是真的要去殺人，只是設定自己的角色是殺手。我已經決定了。

既然這樣，當然要取一個響亮瀟灑的名字。最好聽起來就很神勇，而且很冷酷。比方說索命鱷魚，或是紅魟魚也不錯。不，這種名字才不瀟灑帥氣，反而俗氣死了。不算不算，剛才的不算。

我嘴裡咕噥著「不算不算」，在記事本上寫下「代號：暫缺」這幾個字，等到哪天靈感出現，想到一個「這個名字太讚了」的代號時再補上就好。

宣告下午的上班時間將在五分鐘後開始的音樂響起，我慌忙收起了記事本。

越學越歡樂～ DoReMiFa 藤野音樂堂～

剛進這家公司時，每次聽到這首歌曲，胃就會隱隱作痛，覺得自己進了一家俗氣得要死的公司。

藤野音樂堂是位在車站前商店街角落的樂器行，辦公室在樂器行後方，二樓是出租錄音室和兒童音樂教室。我幾乎一整天都在這個辦公室。

三年前，看到這家公司「徵會計事務——數名」的徵人廣告，我來面試應徵。從徵人廣告中那句「氣氛溫馨的工作環境，就像在家一樣」，就充分感受到這家公司不太妙。只不過那時候我能夠繼續領失業給付的日子所剩不多，必須不管三七二十一，趕快找到工作。

社長和副社長（社長的太太）為我進行面試時問我：「妳喜歡音樂嗎？」我老實回答：「不，並沒有特別喜歡。」原本以為會因為這個原因被刷下來，沒想到竟然馬上就錄用了我。我猜想應該除了我以外，並沒有其他人來應徵面試。

據說那首「越學越歡樂」的歌是由社長作詞、作曲，他以前想成為作曲家，但夢想破滅，繼承了老家的縫紉機銷售公司，在賣縫紉機的同時，也順便開始賣樂器，然後又順便把公司名字從之前的「藤野株式會社」改成了「藤野音樂堂株式會社」，一直發展至今。目前公司業績的九成，都是為附近的幼稚園、小學提供口風琴和直笛。

這些原委都是專務（社長的兒子）告訴我的，雖說是第二代，但也已經五十多歲了，他用「我們家的女孩子」來稱呼公司的女性員工，經常把「找個好人家出嫁」這種八百年前就過時的話掛在嘴上。

下午的上班時間過了一分鐘後，「女孩子們」有說有笑地走進了辦公室，嘴裡嚷嚷著「安全上壘，剛剛好」。哪裡剛剛好？但專務只是笑咪咪地看著她們。

她們聚集在辦公室角落的茶水區，聊著今天的午餐很好吃，改天還要再去吃之類的閒話。每個人手上都拿著相同的馬克杯，她們每天都喝用粉末泡的可可亞或是抹茶拿鐵。

這四個「女孩子們」在午休時間總是在一起，其中一人是樂器賣場的店員，另一個在音樂教室做櫃檯工作，另外兩個人分別是企畫和業務，負責企畫藤野音樂堂招生和舉辦演奏會等活動。

「年紀相近的人比較談得來，就只是這麼簡單。」

忘了什麼時候，山本先生曾經這麼對我說。他似乎想安慰總是一個人吃午餐的我，但說到一半，似乎才發現我和她們一樣，都是二十多歲的年輕人，結果反而陷入了尷尬的沉默。

「反正我午休時間也沒辦法外出。」

我這麼說，是為了給山本先生台階下，絕對不是愛面子。

「因為我要接電話。」

山本先生似乎鬆了一口氣，頻頻點頭說：「是啊，就是啊。」

我對於「女孩子們」中不包含我這件事並不會特別感到難過，她們並沒有排斥我，我們工作上的交涉完全沒有問題，彼此也會打招呼，或是說「今天真冷（或真熱）」這種程度的話。這樣就足夠了。

山本先生主要負責拜訪小學的業務，不知道是個性八面玲瓏，還是很擅長面帶微笑地安撫別人，他總是能夠輕鬆化解客訴。

之前曾經有一個客人來店裡大吼大叫，說什麼「我買了陶笛，不管怎麼吹就是沒聲音」，剛好在店裡的山本先生接待了那位先生。

客訴的人有時候真正的目的就只是為了發牢騷。當我在店面後方的辦公室內聽到客人針對陶笛都吹不出聲音這件事又罵又叫時，忍不住想「這個人恐怕會鬧很久」。我每次聽到客人投訴時說的第一句話，就大致可以猜到對方會耗多長時間。

沒想到陶笛吹不響大叔不到五分鐘就安靜下來，我從門內探頭張望時，已經見不到人影了。

我悄悄地探頭探腦，看到「女孩子們」中的一個人連續向山本先生鞠了好幾次躬道謝。事後我問山本先生使用了什麼高招，他只是嘿嘿笑著說：「就只是正常聊天而已。」

但是山本先生下個月就要離職了。目前社會整體經濟不景氣，沒有人有閒工夫玩樂器，而且小孩子人數也減少，音樂教室都招不到學生。也就是說，藤野音樂堂前途堪慮。他經常把這句話掛在嘴上，從去年開始，就持續在找工作，所以是個精明的人。

雖然我對山本先生跳槽前往的房屋仲介公司是否「前途光明」存疑，但他八成認為比藤野音樂堂有前途。因為沒有地方住而傷腦筋的人顯然比不玩樂器就無法活下去的人更多。

當我得知山本先生打算辭職時，最先想到「小野塚應該會難過」。

小野塚是藤野音樂堂專屬的調音師，她很欣賞山本先生，曾經說「我們公司的男人想法都很守舊，只有山本例外」。小野塚對「女孩子們」都很嚴格，但其實她白天的時候都不在公司，照理說很少有機會碰面。

「女孩子們」在我身後大笑起來，即使沒什麼有趣的事，她們也總是笑聲連連。
「山本先生，已經找到接手你工作的人了嗎？」
我在把發票輸入會計軟體時小聲問，山本先生正在記事本上寫字，點了點頭說：「嗯，好像已經找到了。」
專務之前嘆著氣說，已經去就業服務處「Hello Work」徵求接任山本先生工作的人，卻遲遲沒有人來應徵面試，看來在我不知道的情況下，已經找到了接手的員工。
「聽說是社長他們的親戚。」
竟然是國王的人馬來接手。我心生厭倦，用力敲打著鍵盤。這已經不是「就像在家一樣」，根本就快變成他們家了。
「南小姐，妳也會來參加歡送會吧？」
「女孩子們」走出辦公室後，山本先生問我。
「對。」
「太好了。南小姐，謝謝妳。」
山本先生和我特別親近，據說是因為「不覺得妳是異性，聊天很輕鬆」，他還曾經說我一頭鬈毛很像他老家的狗。他說這些話時，我都只是淡淡地回應：「喔，這樣啊。」因為殺手不會喋喋不休地向別人聊自己的事。

我向來不加班。並不是因為堅持原則，只是因為我的工作量並不需要加班。只有稅務師每個月來一次的日子會有點忙，但也只是把釘在一起的發票交給他，打開會計軟體而已，重要的事都由社長親自出面和稅務師討論。

我在傍晚五點零二分離開了公司，走去車站的路上，有人從背後用力撞了我一下。

「別擋路！」

從後方撞上來的男人重新背好從肩膀上滑下來的肩背包後超越了我。我之前也被人這樣撞過，隱約記得好像就是這個男人，只是我也不太確定。

這條人行道並不狹窄，而且我自認走在邊緣。我把大拇指和食指圈了起來，從圓圈中觀察著那個漸漸遠去的背影。當我看到肩背包男人又撞了一個走在人行道上的女高中生肩膀的瞬間，在腦海中扣下了扳機。男人的腦袋當場開花，身體重重地倒在人行道上。

現實中的男人繼續往前走，轉過街角後，從我的視野消失了。

我在車站抬頭看向電扶梯後，沿著樓梯往上走。安靜而快速，沒有發出任何聲音。「沉默而敏捷」是我這個殺手的基本形象，我的行動必須符合這個形象。

殺手會去便利商店買晚餐嗎？我抓著拉環，在電車上左搖右晃。殺手應該也會去便利商店，因為人是鐵，飯是鋼，不吃飯的話，鐵打的身體也撐不下去，而且如果餓昏頭時，恐怕連槍都會瞄不準。

只不過我不知道殺手都吃什麼，感覺不太像會吃便當，收銀台旁賣的炸雞或是熱狗似乎也不太符合殺手的形象。

站在便利商店的陳列貨架前，我仍然猶豫不決。雖然飯糰好像不太對，但三明治似乎能夠勉強過關？零食呢？殺手應該也會偶爾吃零嘴，但應該不會買卡樂比杯裝薯條之類的零食。殺手不會吃杯裝薯條，八成也不會吃森永薯條，更別說是高麗菜太郎玉米球了。

我左思右想，猶豫了半天，最後只買了鮮奶就離開了。殺手的設定也有助於減肥和省錢。

我住的房子是屋齡二十五年的鋼筋水泥房子，雖然隔音不錯，缺點就是很潮濕。

除此以外，還有陽台太小，廚房牆壁的磁磚已經剝落。真的要說的話，恐怕有說不完的缺點，所以就此打住。

殺手的心靈支柱應該是壓倒性的空虛感，對居住空間的舒適感應該並不會太執著。

來到狹小的陽台，眼前就是私鐵的高架鐵路。高架鐵路下方的停車場晚上也亮著燈，所以睡覺時，即使把所有的燈都關掉，房間內也不會伸手不見五指。

有時候我會考慮要不要去買一架天文望遠鏡。在故鄉時，肉眼也可以看到更多星星。我用手指圈成一個圓圈，閉上一隻眼睛。雖然我對星星並沒有興趣，但想到根本看不到，反而很想看看。

「喂，我說你啊！」吼叫聲粗暴地打斷了我的思考。我低頭一看，圓圈中有兩個男人在吵架。兩個人似乎都喝醉了。不知道是不是因為區域的關係，我住的這一帶經常會遇到醉鬼。

這棟公寓的右側是串燒店，左側的大樓從一樓到五樓都是酒家，所以可以說是醉鬼好發地帶。

雖然覺得很吵，但還不至於想要殺掉他們。不知道為什麼，在我的指圈內活動的人都好像是軟弱無力的動物。

我應該無法成為真正的殺手，老實說，我很怕見血。

沒關係，反正只是角色設定而已。我把買來的鮮奶倒進裝了穀片的碗中。

我用「天文望遠鏡」、「價格」的關鍵字上網搜尋，發現價格比我想像中更貴。我找到有一個網站在網路上拍賣名叫「觀星者」（Stargazer）這個帥氣品牌的天文望遠鏡。觀星者。太讚了。我也許可以用這個名字作為自己的代號。索命觀星者。不，不要「索命」這兩個字，一聽就很俗氣。

房間內響起了嘎沙嘎沙的咀嚼聲。殺手獨自吃飯時，應該不會不時冒出「索然無味」這種念頭，所以我也不能有這種想法。

這並不是我第一次「活在自己設定的角色中」。小學四年級時，我活在外星人的角色設定中。

當時的班導師是一位男老師，我記得他的名字叫勇氣還是元氣之類的，反正就是全身散發正能量的人。他認為兒童在午休時間不去戶外玩耍很不健康，於是吃完營養午餐後，我們這些學生還來不及好好休息，他就把我們趕去操場打躲避球。

除了下雨的日子以外，幾乎每天都要去操場打躲避球。如果可以，我很希望在教室內看書，但又沒辦法常常裝病，而且全班都彌漫著「任何人都不能偷懶」的相互監視氣氛。

為了忍受這種痛苦，我想到了外星人這個設定。我是住在遙遠星球的外星人，因為太空船發生故障，緊急降落在地球。

我對科幻的世界不太瞭解，所以細節問題都很模糊。我把自己當成是變成人類小孩的外星人，偷偷調查和研究地球的習慣和地球人的思考，藉由思考「打躲避球這種奇怪的習慣到底有什麼目的？有必要好好調查一下……」，總算撐過了痛苦的午休時間。

吃營養午餐時，遇到自己討厭的蔬菜，也會在腦海中配音「原來這就是地球上用根莖蔬菜和豆腐煮的、名叫卷纖湯的蔬菜湯……好，那我就來吃看看」，然後把這些蔬菜吞下去。

即使我已經想方設法適應，但在成績單的評價欄內，每次都會出現「缺乏協調性」這句話。

「為什麼每次都會這樣？」

媽媽皺著眉頭問，我向她說明了外星人的設定，然後對媽媽說，我沒有問題，所以不必擔心我，沒想到媽媽的眉頭鎖得更深了。

妳已經不是分不清楚現實和夢想的小小孩，不要再玩這種遊戲了，要好好正視自己。媽媽這麼對我說。

我才不是在玩遊戲，但我當時並不知道「生存秘訣」這個字眼，更何況即使用這種字眼說明，媽媽應該也無法理解。

接手山本先生工作的新同事照理說在山本先生離職的兩個星期前，就應該來公司報到上班，做好交接的工作，沒想到他在上班日的前一天打電話到公司說：「我得了流行性感冒。」

「難以相信，現在已經是四月了。」副社長說，然後又接著說了一堆「一個男人，竟然得流行性感冒，真是太沒出息了，這個人太沒毅力」之類莫名其妙的話。即使是四月，不管有沒有毅力，也無論是男是女，都可能感染流行性感冒。

五天過後，那名新同事還是沒來上班，這次的理由是從樓梯上跌下來受了傷。大家都在討論，新同事是不是不想來這家公司上班，才會說這些謊。也有人說，是因為副社長反對他進公司，所以還在為這件事爭吵。這些傳聞都在我背後傳來傳去，忙著按計算機的我不會發表自己的意見。因為殺手對這種八卦傳聞沒有興趣。

沒有人知道新同事是怎樣的人。調音師小野塚預測說：「既然是社長的親戚，應該是年紀不小的大叔吧。」山本先生說：「八成體弱多病。」這是根據新員工得了流行性感冒做出的推理。

「女孩子們」似乎都一致認為，反正一定是個不怎麼樣的男人。

還沒有看到新同事的廬山真面目，就到了山本先生歡送會的日子。我今天也獨自吃著便當，打開了手機。雖然「觀星者」天文望遠鏡已經被人標走了，但我還沒有放棄。觀星者。不錯。觀星者。我甚至想出聲說說這個名字。

歡送會在藤野音樂堂附近的日本料理店舉行，專務他們已經點好了菜。

「這家公司很小氣，一定是點三千圓的套餐，不可能是五千圓的。」

山本先生對我咬耳朵說，但我並沒有回答。殺手不會對套餐差兩千圓這種事吹毛求疵。

調音師小野塚沒有出現，據說她今天去調音的那架鋼琴要花比較長的時間，所以會晚一點趕來，也可能來不及趕過來。

「啊，太好了。」「女孩子們」中的其中一人說。

「我覺得她很可怕。」

小野塚已經結婚，有一個七歲的女兒。她說「自從生了女兒之後，我對女性的社會地位問題產生了極大的興趣」，對性騷擾問題變得極度敏感。

「女孩子們」中的櫃檯小姐說起了「有一次我突然莫名其妙被她罵了一頓」的事。她和音樂教室的一個中年男學生在聊天，男學生問她：「妳有沒有男朋友？沒有嗎？那一個人一定很寂寞。」她回答說：「是啊。」小野塚在一旁看到了，教訓了她一頓，說剛才那個男學生說的話完全就是性騷擾，她必須生氣。

「妳們不覺得很莫名其妙嗎？她為什麼罵我？」

「我懂。」其他三個人點頭說道。

真搞不懂那些女權主義的人為什麼很喜歡生氣？四個人似乎搞不懂這件事，但不知道為什麼，都同時看向我。我也直視她們，她們立刻移開了視線。

「雖然說的話並沒有錯，但沒必要那麼氣勢洶洶啊。」
「遇到那種大叔客人，見招拆招也是我們的工作。」
「就是啊，就是啊，如果整天都生氣，那就變成氣包子了。」
「沒錯沒錯。」
聽了她們的討論，會覺得「原來她們這麼想」，聽了小野塚的意見，又覺得「有道理」。
但是我也非常清楚，如果不馬上用態度表示「我懂」其中某一方的意見，就會被認為是見人說人話，見鬼說鬼話的牆頭草。
隨時必須選邊站。我的想法雖然和你不一樣，但我能夠理解你的想法。我的這種態度似乎會讓人感到不安。
只不過對我來說，這真的是無關緊要的事。我吃著手上小碗內不知道是什麼的食物，暗自思忖著。
因為我是孤獨的殺手。這種想法不會讓我對無法融入其中任何一方感到焦慮。
小野塚的座位空著。仔細觀察後，發現不止一個空位，而是有兩個空位。那是誰的座位？我問山本先生，正在喝啤酒的山本先生說：「喔，南小姐，妳的觀察很仔細。」然後用食指和大拇指比出手槍的姿勢對著我。他已經醉得差不多了。

「聽說新同事藤野今天也會來。」

「啊？」

還沒來報到上班，就直接參加聚餐也未免太尷尬了吧。至少我絕對不會做這種事。我用食指和大拇指圍成圓圈，打量著室內。

「妳在幹嘛？」

山本先生笑著問。如果我對他實話實說，他也一定會和我媽那天晚上的反應一樣，覺得「妳腦筋有問題嗎？」但山本先生是外人，而且為人圓滑周到，可能不會說得這麼直截了當，但應該無法理解。

「恢復視力的練習。」

「妳有近視嗎？」

「對。」

「那我也試試。」坐在我旁邊的山本先生也模仿我的動作，我突然覺得很對不起他。「對不起，我剛才是騙你的。」我正打算這麼說時，視野前方的紙拉門打開了，一個男人出現在圓形的視野中，對著大家說：「不好意思，我遲到了！」他的一雙大眼睛骨碌碌地轉動，好奇地打量室內，和我四目相對時，嘴角立刻揚了起來。

叮鈴叮鈴叮鈴。我的腦海中響起了清脆的聲音。也可能是我以為響起了聲音。下一剎那，那個男人消失了。我驚訝地鬆開手指一看，看到手帕、手機、皮夾都散落在他的腳下。他剛才鞠躬時，背包裡的東西都掉在地上。

藤野昴。這個名字似星星的男人是社長哥哥的孫子，為了交接工作，帶他一起去拜訪客戶的山本先生說：「他是個超級無敵丟三落四的人。」

想要拿名片時，不小心把所有名片都掉在地上；中午去蕎麥麵店吃飯時，又把整碗麵都打翻。山本先生每次回到公司，都會和我分享關於他粗心馬虎的新故事。他今年二十九歲，和山本先生只相差一歲，但完全看不出來，他渾身洋溢著讓人提心吊膽的年輕感覺，讓人懷疑他是否忘了長歲數。

「南小姐，妳要好好協助他，畢竟他坐在妳旁邊。」

山本先生離開藤野音樂堂時，交代了我這句話。他還要我買房子時記得找他，但我暫時還沒有這個計畫。

雖然山本先生要我協助藤野昴，但我整天都在辦公室，他整天在外面跑業務，我根本沒辦法協助他。只有他傻傻地愣在影印機前時，我會去教他操作方法，或是他接起電話後手忙腳亂，我把紙筆遞給他而已。我每次幫忙之後，藤野昴就露出燦爛的笑容向我道謝說「謝謝」。

午休開始五分鐘後，辦公室的門用力打開。今天社長他們去參加外面的研討會，都不會回公司，所以我以為是小野塚外出調音的工作有什麼變更，抬頭一看，發現藤野昴站在那裡。

「啊，南小姐，辛苦了。」

以前我看過一本書叫《詐騙的技巧》，書中提到，在聊天時頻頻叫對方的名字，有助於縮短彼此的心理距離。

我猜想藤野昴是在無意識中這麼做，因為他看起來不像是這麼有心機的人，只是我沒有去想他是否想要縮短和我之間的距離，思考停止在他看起來不像是有心機的人這件事上。

「妳現在吃午餐嗎？我也要吃午餐。」

他下午約的客戶似乎臨時有事取消，他去了便利商店，手上拎著白色塑膠帶。他瞥了一眼我在白飯上只放了海苔，沒有任何配菜的便當，說了「喔，好清爽」這句讓人聽不太懂到底是什麼意思的話。

「午餐就是要吃飯，不能吃麵包。」

藤野昴坐在椅子上，開始拆開飯糰的包裝。

「為什麼不能吃麵包？」

「因為吃不飽。」

「喔。」我點了點頭，把白飯塞進嘴裡。我向來覺得與其花時間準備，情願早上多睡一分鐘，所以之前曾經拎了一袋吐司和蜂蜜來公司當午餐，但我不想讓藤野昴知道這件事。

你喜歡吃什麼口味的飯糰？你已經適應這裡的工作了嗎？我正打算開口問可以成為我們聊天契機的問題，辦公室的門被用力打開，專務走了進來。他似乎回來拿忘記帶的東西。

「喔，昴。」

因為社長、副社長和專務都姓藤野，所以都用名字叫他。不，即使沒有這個原因，藤野昴身上也有某種讓人想要叫他名字的要素。

「專務，辛苦了。」
專務發現了藤野昴手上的飯糰，眯起了眼睛說：
「你也該吃點像樣的東西。」
「我這個月很窮。」
「你連幫你做便當的女人也沒有嗎？」
「為什麼錢一花就沒了？」
「你趕快結婚啦。」
「但這個飯糰很好吃。」
他們說話根本是雞同鴨講。
如果藤野昴是故意，那他絕對是個狠角色。我瞄了正在吃飯糰的藤野昴一眼，如果他用這種各說各話的回答輕鬆化解職場騷擾，就是很高超的技術，但看到他嘴唇上黏了海苔，笑咪咪的樣子，又覺得好像太高估他了。
「任何人都不可以一個人，應該說，人不可以一個人生活，覺得單身很輕鬆太自私了，根本沒辦法解決日本的少子化問題。」專務的牢騷層次越來越高，然後拿起放在桌上的手機，走出了辦公室。

「覺得單身很輕鬆是自私嗎？」

我注視著關上的門，放下了筷子。雖然便當還剩下超過一半，但我已經不想吃了。

「我認為並不是自私，但一個人不是很寂寞嗎？」

一個人很寂寞。沉重的疙瘩沉入內心深處。有點不太對勁。我覺得哪裡不對勁。

回到家會覺得鬆一口氣，但有時候也會感到不安。一個人很輕鬆，但也有一點寂寞，但是為了填補寂寞而和別人在一起才是任性吧？

我隔著用食指和大拇指圈起的圓環看向專務的辦公桌。

「啊！」藤野昴叫了一聲，「妳之前也做過這個動作，有什麼意思嗎？」

我完全可以像之前對山本先生說的那樣，騙他說是為了恢復視力，但我覺得也許可以對他說實話。因為我覺得他似乎不會對我說「妳腦袋有問題嗎？」這種話。

我想了一下後回答說：「這是角色設定，生存秘訣。」

我以為他會問我「角色設定是什麼意思？」，沒想到藤野昴抱起手臂說：

「原來是這樣。」

「咦？」

「所以這是妳的處世之道。我不想出門上班的時候經常想，『就當作是演上班族的角色』，然後才出門上班。我想兩者應該差不多吧。」

據他說，只要覺得不是去上班，而是今天一整天都要演上班族這個角色，上班就會很愉快，即使在工作上犯了錯，也不會太沮喪。

「沒錯，沒錯。」

我忍不住探出身體回答。他能夠理解我的想法，竟然有人能夠理解。

「所以妳設定的角色是什麼？」

「殺手。」我老實回答，沒想到藤野昴仰天大笑起來。

「怎麼會有這種設定？妳有想要殺的對象嗎？」

「並沒有。」

「嗯嗯。」這次換藤野昴探出了身體。

「電影中出現的殺手都很孤獨，過著枯燥無味的生活，但他們好像根本不在意這種事。該怎麼說，我只是覺得如果我也可以有像他們那樣的心態，就會對很多事都無所謂，只是還沒有想好代號。」

「南小姐……」

藤野昴直視著我。成年男人很少有像他那麼清澈的眼白。被他那樣注視，非但沒有心動的感覺，反而感到不安起來。

「呃，是。」

「南小姐，妳這個人很有意思。」

「是嗎？」我發出緊張的聲音回答時，藤野昴放在桌上的手機響了。「啊，慘了。」他站了起來，似乎是私人電話，他一邊應著「是，是，嗯……」，一邊走了出去。「女孩子們」剛好走進來。

「真是太賤了。」「女孩子們」意味深長地互看著。

她們今天也走向茶水區。拿鐵咖啡、可可、抹茶拿鐵、草莓拿鐵。辦公室內彌漫著她們飲料的味道。她們也知道社長他們今天不會回來公司了，所以即使午休時間已經結束了，她們仍然繼續聊天。

「那就是所謂的人見人愛。」

「聽說他好像常常犯錯，但很少被客人投訴，真是太神奇了。」

「長那麼帥也很賤啊。」

我馬上就猜到她們在聊藤野昴。雖然她們頻頻說「很賤」、「太賤」，聽起來好像在罵人，但都帶著可愛的上揚尾音。

其中一個人說：「我上次為他縫了一顆鈕釦，他說我：『堀田小姐，妳的手真巧，好厲害啊。』」她說話時鼻尖都皺了起來。

「縫鈕釦這種事誰不會啊。」

「昴在說話時都會叫對方的名字，像是某某小姐早安，某某小姐辛苦了。」

原來他對每個人都這樣。即使得知這件事，我也並不感到沮喪。我靜靜回味著他剛才說「妳這個人很有意思」時的笑容。

「但他是我的菜。」

「是喔。」現場響起一陣驚叫，其中一個人的屁股撞到了我的椅背。「啊，對不起。」我聽到了聲音，但是當我回頭時，已經沒有人看向我的方向。

「對喔，絢美現在單身。」有人這麼說。絢美一隻手摸著臉頰，點了點頭。她的指甲都擦了淡淡的桃紅色指甲油。

「那妳乾脆和他交往啊。」

從「我的菜」到「單身」，就馬上決定「交往」嗎？我把玩著電話線，暗暗瞠目驚訝。

「嗯，怎麼辦才好呢？」

絢美可愛地歪著頭，開朗的說話聲帶著興奮。

絢美的全名是古川絢美，是一樓樂器行的店員，專務稱她是有助於吸引客人上門的「招牌女店員」，據說由本地發行，讓民眾免費索取的城市生活報，也曾經在「傳聞中的美女店員」單元中採訪過她。

雖然並沒有其他人和她的姓氏相同，但從我進這家公司開始，大家就叫她「絢美」，只有我叫她「古川」。她和藤野昴一樣，身上一定有某些讓人想要叫她名字的要素。

我身上缺乏這種要素。我從學生時代開始，大家就都用姓氏來叫我。

一頭飄逸的長髮，纖細的雙手和雙腳，長長的睫毛。越看越發現古川身上具備了我所缺乏的所有要素。

隔天之後，古川立刻主動接近藤野昴，但並沒有很露骨，只是因為我在觀察她，所以很快就發現了這件事。她比之前更常來辦公室，也經常找藤野昴說話。

此刻她正在把別人送她的點心分送給大家，然後不知不覺坐在了藤野昴的身旁。那是我的座位。我當然不可能對她這麼說。給社長他們泡茶是事務員的工作，我還在茶水區張羅。

「昴，你知道某某町的那家咖啡店嗎？」

那家咖啡店有賣烤牛肉丼，你不是喜歡吃肉嗎？要不要一起去吃看看？古川正在和藤野昴聊這些話，因為剛好電話鈴聲響了，所以我沒聽到藤野昴的回答。

不知道藤野昴會不會去吃烤牛肉丼。我邊走邊想。

古川和藤野昴下班時都準時打卡離開了，我隨口打了聲招呼，就匆匆離開了公司。因為我不想看到他們在一起的樣子。

他們應該會去吧。雖然我之前不知道，但藤野昴似乎喜歡吃肉，更何況像古川這麼可愛的女生主動邀約，怎麼可能拒絕？

兩個都讓別人想用名字叫他們的人。條件很匹配的兩個人。

那天之後，就沒有再遇到那個會從背後撞上來的男人。我已經下定決心，下次再遇到他，就要馬上報警。

上次和小野塚聊起這件事，她一臉嚴肅地對我說：「南，這是犯罪，那根本是變態，妳必須報警。」

社長聽到小野塚這麼說，也走了過來，一臉得意地插嘴說：「那是一個心靈空虛的男人。」那時候，我內心第一次湧起了強烈的憤怒。

怎麼可以因為自己空虛寂寞就危害他人？

我暫時不想搭電車，於是就漫無目的地在車站周圍閒晃。我至今仍然不瞭解這附近的環境，因為我每天下班就直接回家，當然不可能知道。

我發現了一家和我家附近不同的便利超商，不經意地走了進去，站在飯糰的貨架前。買了鮭魚和海帶芽的飯糰後，才想起之前一度認為「殺手應該不吃飯糰」，接著想起這一陣子把角色設定的事拋在了腦後。

我不想就這樣回家，也不願想像自己獨自在家裡，聽著窗外傳來醉鬼的叫罵聲吃飯糰的樣子。

角色設定已經無法拯救我了。我有這種感覺。

我搖搖晃晃地在車站前的長椅上坐了下來，恍恍惚惚地看著來往的行人。每個人的腳步，好像在趕下一個行程。

無論是藤野昂、高中生還是帶著小孩的家庭主婦，或是單手拿著手機，一口氣說話的那個男人，或是古川，還有這個人、那個人，在我眼中，所有人都像是天上的星星，都離我很遙遠，綻放著各自的光芒。

騎腳踏車的高中生身後出現了一頭飄逸的長髮。天色已經暗了下來，所以我看不清楚長髮下的臉，但我看過那條裙子。每走一步，裙襬就會輕輕搖曳，就像花一樣。

古川竟然一個人走在街上。她沒有發現我坐在那裡，就從我面前走了過去。她腳步蹣跚，而且手上竟然握著葡萄酒瓶。

為什麼她拿著葡萄酒瓶？我感到納悶的同時站了起來。葡萄酒內只剩下三分之一的酒，她走路的時候導致酒瓶搖晃，葡萄酒冒著白泡，看起來很難喝。

古川的身體用力傾斜，倒在人行道上。原來她的高跟鞋卡進了排水溝的格柵蓋跌倒了。金黃色的液體從被她丟出去的酒瓶中流了出來，形成一灘水窪。走在她身後的一個看起來像上班族的男人一臉極度不耐煩的表情，繞過古川走了過去。

「啊，妳還好嗎？」

「咦？南小姐？」

她說的「南小姐」聽起來像「南搖給」，她已經完全喝醉了。我忍不住看了手錶。從公司下班到現在並沒有過太久，不知道她的酒量很差，還是喝得太快了，但我猜想兩者都有。

「藤野在哪裡？」

「妳怎麼會在這裡？」

我們幾乎同時開了口。

「因為我回家會經過這裡，所以……」

我的話還沒說完，古川突然大叫起來：「不在！」

「啊？啊？」

「昴不在這裡！」

經過的人都看著我們。

「妳要不要先站起來？妳有沒有受傷？」

古川不理會我的問話，咂著嘴，低聲嘀咕著：「啊，絲襪破了，糟透了。」

她和在公司時很不一樣。

「你們不是去吃烤牛肉丼嗎？」

「他說雖然愛吃肉，但屬於烤肉派，而且他……」古川說到這裡，用力皺起眉頭，抓住了我的手臂。她擦了漂亮指甲油的指尖掐進我的皮膚很痛。

「他有女朋友，真是糟透了。」

原來她開口閉口都會說「糟透了」。我有點驚訝，但茫然地看著淚水從她的眼中滑落。

「啊，如果要吃肉，我也有一家很推薦的店。」

這就是我因為接電話而錯過的藤野昴在當時的回答。

「只不過那是一家烤肉店。」藤野昴又接著說道。他把已經吃完的點心包裝在手裡揉成一團，然後又拿起空杯子放在嘴邊，顯得有點心神不寧。古川感到不太對勁，追問了他好幾個問題，他才終於承認「不瞞妳說，我女朋友在那家店打工」。

不知道是不是跌倒時撞到了，古川的手背有點破皮。

「站著說話不方便。」於是我們走進剛好看到的咖啡店。我為她貼上ＯＫ繃，在她不時落淚時遞上面紙，花了很長時間聽她說明了情況。

藤野昴一臉天真無邪地約她去那家店，還說：「我們要不要乾脆今天就去？

我也想介紹妳們認識一下。」雖然古川覺得「這樣根本沒搞頭」，但仍然對他的女朋友產生了好奇，於是點頭答應了他的邀約。

藤野昂在下班打卡時說：「啊，對了，我們約南小姐一起去。」按照古川的說法，他「就像登上山頂的人在叫呀吼那樣」，雙手放在嘴邊大聲叫我。我當時滿腦子想著趕快離開公司，完全沒聽到他叫我。

這件事似乎讓古川倍感屈辱。原本以為只有他們兩個人去吃飯，沒想到並不是那麼一回事。

借用古川的話來說，她「身為女人的自尊心徹底被摧毀」，她謊稱突然感到不舒服，然後就逃走了。

之後，「我突然覺得很多事都無所謂了」，剛好看到一家超商，就走進去買了一瓶葡萄酒，坐在公園的長椅上，拿著酒瓶直接喝了起來。沒想到一個奇怪的男人走到她面前糾纏不清，她的心情越來越惡劣，決定轉移陣地，結果走在路上跌倒了，然後就遇到了我。

古川說話顛三倒四，而且用「糟透了」代替逗號和句號，所以很費解，但歸納總結後，差不多就是這樣的內容。

「太過分了。」

古川喃喃地嘀咕，然後一口氣喝完了已經冷掉的可可亞。

「我倒不覺得他有什麼過分。」

藤野昴並沒有說謊，也沒有對古川做什麼惡劣的行為。我小心謹慎地表達了意見，古川嘟起了嘴。

「南小姐。」

「有！」

「我之前就想說，妳和我說話都用敬語。」

即使我向她解釋，雖然我和她同齡，但我比她晚一年進公司，她仍然沒有改變嘴唇的形狀。

「而且只有妳不叫我絢美。」

「不，這是因為我覺得這樣叫妳，有一種自來熟[1]的感覺。」

「因為我討厭自己的姓氏，所以拜託大家叫我的名字。妳應該知道這件事吧？」

1 明明是剛認識的陌生人，卻像認識多年般，相處非常自然，毫不尷尬，這種情況被稱為「自來熟」。

「不，我不知道，我完全不知道。」

我慌忙搖著頭。

「每次妳叫我的姓氏，我就有一種遭到排斥的感覺。妳是不是覺得我們都很蠢？」

「啊？我沒有這樣覺得。」

「算了，不管是妳還是昴，都很過分。」

我終於發現她在無理取鬧。原來這就是喝醉酒無理取鬧的樣子。雖然我之前就聽說過，但真的很煩人。我感到渾身不舒服，喝著已經冷掉的咖啡。

「南小姐，妳是不是喜歡昴？」

她的醉意似乎稍微清醒了些，露出強烈的眼神看著我。

「古川小姐，妳也是吧。」

從「他是我的菜」到「乾脆交往」的進展速度，我以為她的喜歡更輕鬆，有一種戀愛遊戲的感覺，但如果只是那種程度的喜歡，就不會哭得這麼傷心。

「應該說，曾經喜歡過他。」

已經變成過去式了嗎？古川聳了聳肩。

「算了，我已經放棄昂了。」

「就這樣輕言放棄嗎？」

「因為他已經有女朋友了。」

然後她又輕輕哼了一聲接著說：「別看我這樣，我不是那種會橫刀奪愛的人。即使喜歡上一個不喜歡自己的人也沒有意義。」

「是嗎？」

自己喜歡的人也喜歡自己。對我來說，這種狀況幾乎是奇蹟，難道古川以前都不是這樣嗎？

「啊？原來妳願意接受這種沒有回報的愛情。」

「沒有回報……」

我甚至不知道怎樣的狀態算是「有回報」。只要「交往」，就會有回報嗎？我希望對自己喜歡的人來說，自己是特別的人，所以不當他的女朋友就失去了意義，因為男人和女人沒辦法當朋友。古川越說越激動。

古川似乎對我只是回答「喔……」、「這樣啊」的冷淡反應感到很生氣。

「難道妳不是這樣嗎？」

古川用力拍著桌子尖聲問道，鄰桌一對看起來像學生的男女看著我們，意味深長地相互交換了眼神。

「我想想，我希望成為自己喜歡的人的……」

「嗯。」

「喜歡的人的……嗯……」

我希望成為喜歡的人的什麼人？這個問題太困難了。

但是如果要問，我希望喜歡的人怎麼樣？我可以馬上回答。

「我經常想，希望自己喜歡的人能夠在一個舒服的枕頭上好好睡覺。」

古川目瞪口呆。

「啊？」

我希望藤野昴可以大啖美食；希望他的體質不容易被蚊子叮咬；在便利商店抽籤抽到好獎品；走進商店時，聽到自己喜歡的音樂。希望他能夠過這樣的生活，即使陪在他身邊的不是我也沒有關係。

「喔。」這次換成古川的反應很冷淡。我對這種態度似曾相識。這種冷淡的反應代表對方完全無法理解我說的話。就和我媽一樣。

但我仍然很慶幸自己說了出來。即使別人無法理解，我在用言語表達之後，自己的感情有了明確的顏色和形狀。

「我無法理解。」古川嘀咕著，用力抓著自己的頭，她一頭飄逸的頭髮變得很凌亂。古川接連做出平時在公司時從來沒有看過的動作，難道她也是活在某種設定的角色之中，以符合大家對「女孩子們」和「招牌女店員」的期待嗎？

「而且，為什麼『男人和女人沒辦法當朋友』？」

即使性別相同，也未必能夠相互瞭解。因為我和古川雖然面對面坐在餐桌前，但兩個人之間的距離很遙遠。

「因為我和妳不一樣。」古川的眼睛亮了一下，然後又緩緩低下了頭，「妳不是也能和男人當朋友嗎？……啊，對了，妳和山本的關係也很好。像妳這樣，擁有自己的世界，即使獨來獨往也能夠抬頭挺胸，像妳這樣很帥氣，但我不一樣，所以我想成為某個人『特別的人』，想要有人好好愛我。」

她的嘴唇不小心滑出最後這句真切的心聲。

一個人不是會很孤單寂寞嗎？之前藤野昴說這句話時，我覺得不完全是這樣，但古川剛才說「獨來獨往很帥氣」這句話，也完全不符合我的實際情況。

即使是我這種人，難道在古川的眼中，也覺得我綻放出光芒嗎？即使生活在相同的空間，也無法瞭解彼此的真實情況，我們之間就像星星一樣相隔遙遠。想到這裡，我忍不住吐了一口氣，好遙遠，但是……

「我覺得妳很可愛，也很漂亮。」

「妳這麼說，我也一點都不會高興。」

古川抱著手臂，把頭轉向一旁，但臉頰泛起了紅暈。和她指甲的顏色相同，很美。

雖然彼此的距離像星星般遙遠，但只要知道彼此在那裡，這樣就足夠了。如果能夠像這樣偶爾交流一下，那就更理想了。

一個人既不孤單寂寞，也不瀟灑帥氣，就只是一個人而已。也許好好珍惜獨處的時間也不錯，不要虛度光陰，也不要渾渾噩噩。

「我還是去買一架天文望遠鏡。」我嘀咕著。

「啊？」古川露出詫異的表情。我看著古川仍然帶著淡淡紅暈的漂亮臉蛋，思考著要把記事本上的「代號：暫缺」改成「不需要」。

如果無法搭乘

時光機

博物館內封閉的空氣比外面世界的空氣更加沉重。草兒第一次來這裡時就發現了這件事。他就像做最後一節廣播體操那樣，用力吸氣後吐了出來。戶外的空氣混雜了各式各樣的氣味。泥土的味道、做營養午餐的廚房飄出來的味道、別人吐出來的氣、山上工廠排出來的煙。和之前住的地方相比，目前所住的地方泥土味很淡，但廢氣和灰塵的比例大大增加了。

博物館的空氣和兩者都不一樣，無法用一句話形容那是「什麼味道」。雖然並不是因為相似，但他想起了墨汁的味道。無論是墨汁還是博物館的空氣，聞了之後都會有一種寧靜的感覺。

也許是骨頭的味道。草兒緩緩離開已經看過好幾次的長毛象復刻模型前想道。骨頭的味道，或是舊紙張的味道。

他在腦海中翻找著十二年的人生中獲得的知識和記憶，終於得出了「應該就是骨頭的味道」這個結論，他覺得也很像小時候跟著爸爸去的寺院納骨堂的味道。

得出結論，心情舒暢後，他走向骨架標本的區域。第一次來這裡時，他總覺得這裡有一種可怕的感覺。有著長耳朵和一身蓬鬆皮毛的可愛兔子和松鼠只剩下骨骼後，看起來就像是邪惡猙獰的動物，好像隨時會衝破玻璃撲過來，甚至可以聽到牠們急促的呼吸聲。

看著旁邊的烏龜標本，草兒發現烏龜的脖子比他模糊地認為「那應該是脖子的部分」長很多，有點像恐龍的脖子骨骼連結了像半圓形屋頂的骨骼。在看烏龜標本之前，他一直以為烏龜殼下面沒有骨頭。因為已經有這麼堅硬的龜殼，根本不需要骨頭。不，也許根本沒有想過有沒有骨頭這種事，但是原來龜殼下面有骨頭，即使看不到，也確實存在。

自己的身體雖然沒有龜殼，但也一樣看不到骨頭，只是人類可以隔著皮膚確認骨骼的確存在。

他用另一隻手的大拇指用力按著手背，感受到隱約的疼痛，和滑動的皮膚，還有溫熱的體溫。在這個充滿死亡的展示室內，活著的自己是異類，但是，那些死去的動物並沒有排斥成為異類的草兒，但也並沒有接受他，只是各自存在而已。

呼嘩。

背後突然傳來一個奇怪的聲音。呼嘩。那個聲音再度響起。草兒戰戰兢兢地轉過頭，發現一個男人站在那裡。叫他叔叔，他似乎太年輕了，但他看起來有點疲憊，似乎不適合叫他哥哥。草兒搞不太懂大人的年紀，眼前這個男人明顯比爸爸年輕，但又看起來比今年二十八歲的班導師年長一些，可能年紀介於三十歲到四十歲之間。這樣的話，還是算叔叔。他穿了一套藏青色的西裝，手上拎著黑色皮包，草兒用目測發現，皮包的厚度和書法用具包差不多。

男人抬頭看著掛在天花板的鼴鼠骨架，再度發出了「呼嘩」的聲音。也許他想說「嗚哇」。總之，已經可以稱為叔叔的人發出這種聲音很幼稚。

「這個雖然看起來很噁心，但還是會忍不住多看幾眼。」

男人將視線從鼴鼠移向草兒後笑了起來。草兒沒有回答，快步從他身旁走了過去。因為媽媽曾經叮嚀他，突然對小孩子說話的大人不是變態就是怪胎。

反正幾分鐘後，博物館的營業時間就結束了。因為十二歲以下的兒童可以免費入場，他幾乎每天都來這裡，所以知道得一清二楚。沒有人比我知道得更清楚了。草兒這麼想著，大步走向出口。

博物館位在公園的東側，這是全市第二大的公園。目前這個時間，有很多人來來往往，有人牽狗散步，也有人穿著摩擦時會發出沙沙聲音的衣服在跑步，還有些人應該在做某些事，只是不知道他們到底在做什麼。公園內幾乎看不到小孩子的身影。園區地圖上寫著「兒童廣場」在公園的南側，所以小孩子應該都聚集在那裡。

草兒搬來這裡已經三個月，但從來沒有去過那個廣場。同班同學可能會去那裡的想像，讓他裹足不前。他們應該不會命令草兒離開，或是拿石頭丟他，應該只會遠遠看著他。如果草兒走向他們正在玩的遊樂器材，他們就會悄悄離開，然後開始聊草兒聽不懂的話題。想像自己假裝沒有發現他們刻意避開自己，卻豎起耳朵，拚命想知道他們在聊什麼的樣子，就感到很悲哀，很想用力抓頭。他不想在教室以外的地方，還要體會這種悲哀的感覺。

之前住的房子是透天厝，屋後是山。新的住家是大廈，草兒覺得房子還很新，但聽說已經有十五年的屋齡，所以自己還沒有出生，那棟房子就已經在那裡了。

十五年前，草兒的外祖父母買了這棟大廈內的房子。

「因為外公以前工作的那家公司在日本各地都有分公司，媽媽讀小學時，就轉學了三次。外公和外婆因為這個原因住過很多地方，很喜歡這個城市，所以決定在退休後定居在這裡。這裡離海邊很近，是不是很美？」

媽媽曾經這麼告訴草兒。想必媽媽今天也會深夜才回家，媽媽回家之前，草兒必須和外婆單獨相處。外公好幾年前就死了，草兒和外公見面的次數一隻手就可以數完了。

外公和外婆「很喜歡」的這個城市和草兒以前住的地方完全不一樣。這裡有很大的海港，有博物館，也有大公園，知名建築物都很舊，但是沒有人把建築物的老舊視為缺點，而是被視為優點，幾乎都會用「歷史悠久」、「大有來頭」之類的字眼來形容這些房子。

這裡有專門賣書、只賣鮮花或是只賣麵包的小店，以及店門口理所當然地放著寫了英文的招牌，這些都讓草兒感到畏縮。

草兒以前住的地方，書、鮮花和麵包都是放在超市或是購物中心內一起賣。他住的地方附近就有超市，但必須開車才能到購物中心。

他在大廈的對講機按了房間的號碼。他沒有鑰匙。外婆一如往常，默默為他打開自動門。不知道外婆看到出現在小螢幕上的自己，臉上露出怎樣的表情？還是一如往常的面無表情嗎？

草兒幾乎沒看過外婆的笑容，雖然外婆並不是不高興，但他仍然無法習慣。外婆和媽媽是母女，但她們完全不像。媽媽經常為一些無關緊要的事笑得很開心，或是哭得很傷心，說話也很大聲。媽媽會為遙遠的國家發生的恐怖攻擊驚慌失措，也會和在街上遇到的人聊得很投機。

但如果要說「明明是母子」、「明明是父子」這種話，其實自己也和爸爸或是媽媽很不像。

「要馬上吃飯。」

草兒在盥洗室洗手時，外婆問他。

「喔……好。」

「要不要加雞蛋。」

「嗯……好。」

外婆去超市買雞蛋的日子都會這麼問草兒，外婆發問時，聽起來都像是沒有問號。也許是因為語尾沒有上揚的關係，草兒每次都不知道外婆是不是在問自己，所以在回答前都會遲疑一下。

草兒坐在外婆斜對面吃完晚餐後開始寫功課，外婆有時候看書，有時候做一些搞不清楚究竟在做什麼的手工活，有時候也會看電視。草兒和外婆依次洗完澡後，他就為自己準備睡床。雖然只是將對折起來的床拉開，然後把被子鋪好而已，但還是必須準備。

為媽媽在地上鋪好被褥也是草兒的工作。雖然說好要把目前作為儲藏室使用的北側房間整理一下，作為草兒的房間，但至今都沒有開始整理，所以他只能和媽媽睡在同一個房間。周圍堆放著搬來這裡時的紙箱和衣櫃，空間變得很狹小。

房間的天花板和牆壁都貼了白色壁紙，但並不是光滑的白色，而是好像刷了好幾層油漆般凹凸不平，這些凹凸有各種不同的形狀，有樹葉、有魚，還有鳥的腳印，有石川縣，也有愛知縣，但關燈之後，這些不同的形狀都混在一起，都變成一坨白色。

草兒抬頭看著那一坨坨白色，思考著以前住的房子。

「即使媽媽和爸爸離了婚，我和你永遠都是父子，這件事不會改變。」

這是坐上往車站的計程車前，爸爸最後對草兒說的話。雖然爸爸提議可以相互寫信，但草兒至今仍然沒有收到任何信。

並不是無法見面的距離。雖然草兒覺得「很遠」，但爸爸和媽媽都沒有這麼說，只是一次又一次強調雖然跨越好幾個縣，搭電車只要幾個小時就到了。

或許爸爸也覺得「草兒都沒有和我聯絡」，覺得自己這個兒子冷漠無情。之前同住在一個屋簷下時，父子之間也很少說話。爸爸是上夜班的警衛，經常不在家，即使在家時，也都在睡覺。

假日出門時，總是只有媽媽和草兒兩個人，所以當他打算想爸爸時，每次想到一半，他腦海中浮現的就不再是爸爸這個人，而是爸爸目前住的房子。

那是一棟舊房子。只有老舊，並沒有歷史，也沒有任何來頭。

雖然有對講機，但附近的鄰居都會自己打開玄關的門，扯著嗓子大聲問有沒有人在家。草兒的朋友小文更是好像回到自己家裡一樣，連問都不問，就直接脫鞋子進屋。

即使至今想起小文，手腳也會一下子變得很沉重。他覺得身體會沉下去，不由得害怕起來，趕緊用力握住被子。

他從托兒所時就認識小文了，小文又高又壯，和瘦小的草兒站在一起，完全看不出他們年紀相同。小文名叫文太，但他討厭自己的名字，說聽起來像是老人的名字。

草兒，我會保護你。小文經常把這句話掛在嘴上。你跑得慢，也沒什麼力氣，所以我必須保護你。一年級時的女班導師經過時，剛好聽到小文說這句話，對他們說：「哇，真是太有義氣了。草兒，你有文太這個朋友真是太棒了。」既然老師也這麼說，應該就是這麼一回事。當時他相信有小文保護自己，自己很幸福。

升上四年級後，小文的媽媽每天都會給小文一百圓零用錢。草兒的媽媽聽說之後，也開始給草兒一天一百圓零用錢。他們的媽媽都是家長會的委員，關係很好。

於是他和小文就養成了每天帶著一百圓，都要去小學附近的「新鮮狹間超市」逛一逛的習慣。起初都買玉米棒或是香腸之類的，但不久之後，小文想要買超過一百圓的零食。不知道他是不是肚子太餓了，覺得吃零食還不夠，有時候會想買熟食區的炸雞塊。

但是我的錢不夠。小文在說話的同時，斜眼看著草兒，草兒每次都忐忑不安，每次都把自己手上的一百圓遞給小文。小文一把搶過錢，甚至沒有說一聲謝謝。

小文每次都獨享花兩百圓買的大袋洋芋片、爆米花或是炸雞塊。小文既沒有威脅他「把一百圓給我」，也沒有哀求他「給我一百圓」，但草兒想了很久，仍然不知道有什麼方法可以不把一百圓交給小文，他想破了腦袋也想不出來。

每天早上在學校遇到時，小文總是用「嗨」或是「喔喔」之類的話向他打招呼，然後摟著草兒的肩膀。來到新學校後，沒有任何人會對草兒做這種事，從他走進校門後，到走進教室，在自己的座位上坐下來為止，都不會開口說一句話，有時候一直到放學為止，完全沒有和任何人說過話。即使說話，也是老師找他，或是別人為他撿起橡皮擦，他向對方道謝而已。

當草兒從坐在旁邊的女生手上接過橡皮擦說「謝謝」時，那個女生顯然很吃驚。如果要為她的驚訝方式配上音效，並不是輕輕倒吸一口氣的聲音，而是大吃一驚的驚聲尖叫。

轉學的第一天，當他站在黑板上寫著大大的「宮本草兒」這幾個字前自我介紹時，有人發出了笑聲，而且還聽到有人嘀咕：「他說話怎麼有點怪怪的？」

一個人發出的笑聲漸漸擴散到整個教室，就像風一吹，草就跟著動起來。雖然風終於不吹了，但草兒無法再開口。他覺得黑板上「宮本草兒」也好像是別人的名字。至於接受父母離婚的事實，和自己改姓媽媽的姓，則又是另外的故事了。

班導師並沒有糾正發出笑聲的同學，也沒有請自我介紹到一半就停下來的草兒繼續說下去，就開始上課了。

強悍的人和軟弱的人，聰明的人和不聰明的人，不同種類的人在教室內共存，但並不是明確分成兩大類，有人跑得很快，功課也很好，但個性很文靜；有的人雖然這兩方面的表現都很普通，但很懂得炒氣氛，聲音很洪亮。彼此的權力關係會視不同的狀況發生微妙的變化，勉強維持了均衡。「均衡」這兩個字是他最近從圖鑑中學到的，覺得比「平衡」聽起來更帥氣。

草兒轉學到這所學校之前，從來沒有這麼想過。那時候的世界更模糊不清，因為自己就是那個世界的一部分，但現在不一樣，世界和自己之間有明確的隔閡，雖然不知道是玻璃還是壓克力板，反正就是被厚實透明的某些東西隔開了。

這種想法讓草兒的內心得到安慰。並不是自己無法融入這所學校，只是像在博物館看展示物一樣，隔著透明的隔板觀察他們。這種態度可以讓他有辦法抬起頭。

今天也是一整天都沒有說過一句話。上課時，老師沒有叫他回答問題，橡皮擦也沒有掉在地上。星期四很無聊，因為是博物館的休館日。

回到家時，發現媽媽難得在家。媽媽告訴他說，「因為換班」，所以臨時休假。

那就來喝點啤酒好了。媽媽嘀咕著，興沖沖地打開冰箱。媽媽看起來比之前瘦了些。草兒很久沒有在白天的時候見到媽媽了。外婆不在家，媽媽說外婆出門去買菜了。

媽媽搬來這裡的第三天，就很興奮地說：「我找到工作了！」媽媽在一百圓商店當店員一陣子後，說「我必須賺更多錢」，於是找到了營業到深夜兩點的釜飯餐廳的工作，白天和晚上都在工作，偶爾會帶餐廳沒賣完的釜飯回家，不是成為草兒隔天的早餐，就是媽媽的便當。

媽媽三口就喝完了倒在細長形杯子裡的啤酒，發現了草兒的視線，害羞地聳了聳肩，發出「嘿嘿」的笑聲，為了掩飾自己的窘態，媽媽問他：「小草，你要不要喝點什麼？來點麥茶？」草兒默默搖了搖頭。

「那就趕快寫功課，寫功課。」

草兒不甘不願地打開書包，媽媽從後方探頭張望，拿出揉成一團丟在書包底部的「六年級生通知」，垂下了嘴角。草兒猶豫著要不要向媽媽說「對不起」，但最後沒有說，拿出了鉛筆盒。

安靜的房間內，只有草兒的鉛筆在計算練習題上寫字的聲音。平時即使草兒在寫功課時，外婆也會照樣打開電視，但媽媽挺直身體坐在那裡看著草兒寫字。不知道是不是有所顧慮，也沒有喝啤酒。

草兒雖然沒有寫得很順暢，但也沒有想太久，順利地在答案欄寫上了答案。媽媽似乎很高興，草兒每解出一題，媽媽就發出「嗯、嗯」的聲音，一個勁點頭。草兒寫完功課的同時，外婆回家了。兩個女人簡短交談著，開始準備晚餐。她們忙著洗菜、切菜、煮菜、烤菜，不停地交換站立的位置。有時候面對面，下一瞬間又背對背，在狹小的廚房內完全沒有相撞，簡直就像在跳舞，但她們看起來並沒有樂在其中。

草兒坐在飄著烤肉淡淡甜味的客廳內，翻開了放在腿上的圖鑑。

進入寒武紀之後，出現了有「眼睛」的生物，身體也變得立體。

他用手指輕輕撫摸著已經看了好幾次的圖鑑中，介紹古生代寒武紀的頁面。

生物在海底爬行移動生活的同時，有時候會游泳或是潛入水中，同時，生物開始吃其他生物，或是被其他生物吃掉。

進入奧陶紀和志留紀後，出現了比寒武紀時代更會游泳的生物，生存競爭變得更加激烈。

草兒明年就要上中學了。

生存競爭變得更加激烈。

草兒無論如何都不認為自己是「吃其他生物」的一方，雖然他的運動能力和功課並不差，但也不突出。他無法融入其他同學，只是說聲「謝謝」，也會讓同學大吃一驚，好像看到岩石開口說話。

媽媽對他說，不用擔心錢的事。媽媽總是冷不防地對草兒說這些話，像是泡完澡，在走廊上和媽媽擦身而過時，或是媽媽在用吸塵器吸地時，突然開口說：「媽媽絕對要讓你讀大學，這樣你長大之後，就可以去任何你想去的地方。媽媽會努力工作，也有工作的能力，所以你完全不必擔心。」

媽媽在高中畢業後，進入了附屬的短期大學，進入公司去工廠進修時，遇到了爸爸，他們在幾年後結了婚。爸爸在高中輟學後，就一直換工作。

「你爸爸從高中輟學時很調皮搗蛋。」

小文的媽媽曾經笑咪咪地這麼告訴草兒。小文的媽媽和草兒的爸爸以前是同學。

草兒翻開字典查了「調皮搗蛋」這四個字，發現是「頑皮淘氣，喜歡胡鬧」的意思，但草兒知道小文的媽媽想要表達的並不是這個意思，八成是指向別人勒索金錢、抽菸、偷腳踏車或是把頭髮染成奇怪的顏色之類的事。

但在那個地方，這些事並不足為奇。以前「很壞」的人「現在很認真工作」的狀態，比從小就是老實的孩子，長大之後也腳踏實地工作的人更受到眾人的稱讚。

「我很難接受這種觀念。」媽媽之前這麼說，但並不是對草兒說，而是告訴外婆，只是草兒剛好聽到了。

這就是價值觀的差異吧。媽媽還說了這句話。草兒當然知道「價值觀」和「差異」的意思，只是他雖然瞭解字典上的意思，問題是這些字眼和爸爸媽媽離婚這個結果之間的關係，他就搞不清楚了。因為他無法想像爸爸和媽媽各自的「價值觀」在結婚的時候完全一致，雖然當初價值觀有差異，但他們還是結了婚，最後卻因為這種差異而離婚。草兒實在搞不懂。

「因為排班的關係」臨時休假的媽媽，也因為相同的理由取消了原本的休假。媽媽只有在最初幾天抱怨說，開什麼玩笑，竟然要連續上班十天，但過了一半之後，就變成了寡言的生物，在家的時候都默默趴在桌子上。外婆最近身體不太好，白天也都在睡覺。

也許古生代的生物也像這樣彼此互不干涉過日子。即使生活在同一個屋簷下，也幾乎沒有交談，草兒經常感受到外婆和媽媽的動靜，獨自吃著放在餐桌上的麵包或是釜飯。

他經常食不知味，營養午餐也一樣，他既不覺得甜，也不會覺得辣。從很久之前，在演變成目前這種狀況之前，他就已經知道，即使和別人身處相同的空間，人也很容易變成「一個人」。

他站在博物館前，看到「本日休館日」的告示牌，就愣在原地。他完全忘記了今天是星期四這件事。也許是因為每天的生活只有單色的色彩，讓他對日子的感覺麻木了。

哇靠！頭頂上傳來一個聲音，草兒回頭一看，發現上次仰頭看鼴鼠骨架的男人就站在身後。那個男人今天穿著灰色西裝，他舉起手指，指向告示牌。他的手指看起來特別長。

「你知道今天休館嗎？」

「嗯。」

那個男人看起來太沮喪了，草兒放鬆了警惕，脫口回答說：「我知道，但我忘記了。」

「這樣啊。」

既然無法進入博物館，那就只能回家了。草兒轉身邁開步伐，男人也跟了上來。因為只有這條路可以走出公園，所以男人跟在他身後也是理所當然的事，但他還是忍不住頻頻回頭看向男人。

「怎麼了？」

男人察覺了他的視線，慢條斯理地問，而且不知道誤會了什麼，接著問草兒：「什麼？你肚子餓了嗎？」「沒有。」草兒不假思索地回答，但他在說謊。他隨時都覺得肚子餓。

男人說話的口音有點奇怪，不像是本地人，但也和草兒的口音不一樣，只不過男人完全沒有為這件事感到自卑。

「啊，你要吃這個嗎？」

男人從應該裝了文件和筆電的提鞄裡拿出了蒲燒太郎魚片。草兒默默看著男人遞過來的蒲燒太郎魚片，男人窘迫地低下頭，撕開包裝袋，放進了自己嘴裡。

「是啊，你一定覺得我很可疑吧？不能吃不認識的叔叔給你的蒲燒太郎魚片。你很聰明，很了不起，嗯。」

男人用自己的方式解釋了眼前的狀況，坐在長椅上，接連從提鞄裡拿出各式各樣的零食。草兒知道其中幾種零食，其他都是第一次看到。他知道玉米棒和洋芋片，但不知道那個寫了什麼球的零食是什麼。

「請問、你為什麼有這麼多零食？」

草兒戰戰兢兢地問。這個男人和草兒認識的所有大人都不一樣。男人想了一下後，歪著頭說：「我也不知道。」明明是他自己的事，他竟然不知道。

「可能是比較安心吧。」

男人咬著玉米棒，繼續說了下去。他說幾年前去出差時，曾經遇到回程的新幹線因為發生意外，停駛了好幾個小時的狀況，甚至不知道什麼時候才會重新復駛，所以倍感不安，但是當他握著在搭新幹線前在商店買的洋芋片筒，就感到很安心。他在當時深刻體會到，原來意想不到的東西能夠帶給自己力量。那並不是單純的「有食物」的安心感，如果當時帶的是口糧之類的防災食物，應該會有不一樣的心情，所以他才發現原來零食是自己的精神支柱。

男人不慌不忙地說著這件事，然後向草兒招了招手，草兒也在長椅上坐了下來，但和男人保持了一段距離，隨時都可以逃走。

草兒從身上的背包裡拿出了橘子口香糖的瓶子，男人開心地說：「原來你也有啊。」但草兒的口香糖只是零食，並不是精神支柱。

這個人果然有點怪怪的。草兒身體向後縮的時候，手不小心抖了一下。容器的蓋子打開了，口香糖都掉在地上。草兒沒有發出聲音，男人也沒有。就像是在電影院看電影，就像聽校長說話時一樣，緊閉著嘴巴，看著圓形的口香糖在泥土上滾動。

當他回過神時，發現淚水流了下來。順著臉頰滑落的淚珠熱熱的，但是從下巴滴落時，淚珠已經變冷了。

連他自己都不知道為什麼會哭泣，為哪一件事哭泣。口香糖容器的蓋子沒有蓋好。忘了博物館今天休館。男人把蒲燒太郎魚片遞過來時，想起了以前和小文在一起的日子。

雖然有很多快樂的時光。

但是，草兒無論如何都拒絕不了小文。他為自己無法拒絕感到羞愧。搬家時沒有告訴小文就不告而別。

爸爸沒有寫信給自己。自己也不知道該寫什麼給爸爸。

目前在學校時，從來沒有和任何同學說話。算術有不會的題目，但他不敢問老師。

媽媽總是不在家。媽媽看起來總是很疲憊。不知道外婆到底喜歡自己還是討厭自己。

向來不知道自己到底該不該在這裡。

男人看到草兒哭泣，也並沒有驚訝，更沒有不知所措，但也沒有安慰他，只說了一句：「人生有很多不如意。」

「啊？」草兒反問時，淚水也停了下來。

雖然男人說「有很多不如意」，但並沒有問草兒「不如意」的詳細內容。

「人生有很多不如意。」

草兒重複了男人說的話，男人把吃完的玉米棒袋子摺成細長形。

「對了，你為什麼常常來博物館？」然後又接著說：「我沒說錯吧？你是不是常常來這裡？」

看來男人也經常來這裡，所以才會知道草兒常來。

「因為我喜歡恐龍那些。」

當大人問他喜歡什麼時，他每次都這樣回答。這句話並沒有說謊，但在太古時代的生物中，他並沒有特別喜歡恐龍。他之所以這麼回答，是因為覺得「這樣別人比較容易理解」。大人每次聽到他的回答，都會露出不意外的表情說：
「你是男孩子嘛。」
「而且，我對更早以前時代的各種生物也有很大、很大的興趣。」
草兒很輕鬆地說出了不會在其他大人面前說的話。
在埃迪卡拉紀，海洋中突然出現了各種不同形狀的生物。
這些生物身體柔軟，有眼睛，沒有脊柱，也不會攻擊獵物。
埃迪卡拉紀的生物並不是你吃我，我吃你的關係。
草兒已經把圖鑑的內容背了下來。
草兒很希望自己是出生在那個時代的那些生物。不會被同學索取一百圓；不會因為開口說話，就承受異樣的眼神；不會在意別人怎麼看自己，只想成為靜靜生活在寧靜海底沙子上的生物。
「你想去埃迪卡拉紀嗎？」
男人突然發問，草兒一時答不上來。這個男人是不是以為「埃迪卡拉紀」是某個觀光地的名字？
「如果有時光機的話，但不知道會不會操作。」

男人做出左右轉動方向盤的動作。

「我會開公車，因為我以前是公車司機。」

草兒不知道男人說的「以前」是多久之前的事。因為不知道，所以只是默默點頭。既然他說是以前，就代表現在不是公車司機，但草兒沒有問他為什麼現在不當公車司機了，如同男人也沒有問他「不如意的事」的詳細內容。

男人繼續轉動著無形的方向盤。

有那麼一剎那，草兒覺得自己真的坐在公車上。公車穿越了很長、很長的時空隧道，潛入了水中，濺起無數水花，許許多多的水泡在玻璃窗戶上留下了不規則的圓形圖案。

視野被染成了很深的藍色。

海底長著像巨大樹葉般的查恩盤蟲，還有橢圓形的狄氏水母。海底有許多緩慢移動的生物，自己指著那些生物，男人應該會露出淡淡的笑容回應。公車無聲無息地在海底前進，輪胎在海底沙子上留下柔軟的弧形軌道，圖鑑上不曾出現的小生物穿越了輪胎留下的痕跡。

草兒想像到這裡，突然想到一件事。

「但是，即使有辦法去了那裡，有辦法回來嗎？」

之前曾經和媽媽一起去看了搭乘時光機前往白堊紀的動畫電影。那部電影中，時光機被恐龍踩碎了，他清楚記得那一幕，卻忘了電影的主角最後有沒有回到現代。

「不知道，」男人歪著頭，和剛才一樣，一副事不關己的態度，「你想回來嗎？」

「當然……」草兒說到一半，發現自己也有點搞不清楚。

「因為，呃……如果不回來的話，不是會擔心嗎？」

媽媽之前曾經說，會放手讓他去任何地方，但如果自己搭乘時光機去了原生代，再也無法回來，媽媽一定會傷心落淚。

「這樣啊，原來你有很重要的人。我也是。」

男人在說話的同時，緩緩將視線從草兒身上移開，「我無法搭乘時光機，最多只能蹺班來博物館逃避現實。」

「你蹺班了嗎？」

男人沒有回答，草兒知道他是刻意不理會自己的發問。雖然他沒有回答草兒的問題，但嘆著氣說：「重要的人有時候很麻煩。」

「為什麼？」

「既麻煩，又很重要。」

天空就像加了藍色的顏料般暗了下來，公園的樹木變成了影子。

「你也趕快回家吧。」男人用有點奇怪，至少草兒覺得有點奇怪的口音說完後站了起來，把像是玉米棒碎屑般的東西撒向空中。

今天又迎接了和往常相同的早晨。

放進烤箱的麵包烤焦了，所以今天比平時更晚出去。一走進教室，拿出作業，剛在椅子上坐下，班導師就走進了教室。「啊！」有人大聲叫了起來。班導師一如往常地穿了一件運動褲，但上面穿了一件黑色T恤，T恤上印了恐龍的圖案。

「暴龍！」有人指著老師的衣服說。

「老師，你今天為什麼穿這件衣服？」另一個人笑著問。他們對老師的變化很敏感，只要有老師剪頭髮或是手受了傷，他們都會馬上發現，而且忍不住說出來。

「錯了。」

幾秒鐘後，他才發現是自己發出了聲音。全班同學都看著他。他剛才忍不住說出了內心的想法。

班導師請他站了起來。他覺得椅子挪動的聲音聽起來格外大聲。

「宮本同學，你說錯了是什麼意思呢？」

「……因為我認為老師衣服上的是異特龍。」

「原來是這樣，你能夠說明這兩種恐龍有什麼不同嗎？」

「時代不同。暴龍是白堊紀末出現的恐龍，異特龍是侏羅紀的恐龍。」

這些都是圖鑑上的內容。

「你繼續說下去。」

「雖然兩種恐龍都是肉食，但有一個特徵可以區別兩種恐龍，那就是異特龍比暴龍的頭小。」

他一直避免開口說話，因為被人嘲笑比遭到無視更痛苦。他戰戰兢兢地移動眼珠子環視教室內，沒有人笑他，有好幾個人露出驚訝的表情，還有幾個同學小心謹慎地偷看著草兒。

「謝謝，你可以坐下了。宮本同學，你瞭解得很詳細，而且說明也很清楚。」班導師語帶佩服地說，草兒聽到有人發出「喔」的聲音。

「好，請大家把國文課本翻到三十五頁。」

老師開始上課，就好像什麼也沒有發生。

國文課之後是體育課。草兒換了運動服後走向體育館。體育館總是很昏暗，牆壁上到處都是裂痕，冰冷的地板也刮痕累累。草兒每次走進體育館，心情都會有點差。

他在換體育館穿的鞋子時，有人站在他旁邊。那個同學比草兒更矮，推了推眼鏡問他：

「你喜歡恐龍嗎？」

「嗯。」

草兒點了點頭，眼鏡同學也點了點頭說：

「我也是。」

他們只聊了這兩句話，但和別人站在一起時，他覺得體育館的地板似乎稍微沒有那麼冰冷。

季節慢慢地、慢慢地變化，就像用色鉛筆在畫紙上塗色，草兒去博物館的次數變少了。

在體育館鞋櫃前和他說話的男生名叫杉田，杉田要去補習班上課，還要上鋼琴課和游泳課，所以只有星期二可以和他一起玩。草兒在學校時，只有杉田一個人和他說話，但他已經不再像以前一樣，覺得有一塊透明的隔板把自己和世界隔開了。雖然並沒有完全消除，但似乎已經變成像塑膠布那樣的厚度，只要自己願意，隨時都可以用力撕破。

「我們出去吃飯。」

媽媽回家後說，外婆不知所措地問：「為什麼突然要去外面吃飯？」媽媽推著外婆，一家人來到了家庭餐廳。因為草兒央求要去那家餐廳。

「可以去更貴的餐廳啊。」媽媽有點不滿，但草兒覺得即使是平價餐廳也沒問題，因為貴不等於吃得開心。

外婆最近身體一直不太好，但今天難得狀況很不錯，化了淡妝，穿了一件亮橘色的開襟衫。祖孫三人坐在四人餐桌旁，打開了菜單。

「為什麼突然出來吃飯？」

外婆問了草兒也很好奇的事，媽媽托著腮說：「我雖然是計時工，但也領到了獎金。」媽媽說完後，揚起了嘴角。

「太好了。」

「太好了。」

草兒也跟著外婆說，媽媽滿臉溫柔地對著他瞇起了眼睛。

媽媽從獎金的事，聊到了固定資產稅、教育基金保險這些無聊的話題，草兒獨自走向飲料吧。

他用杯子裝了可樂，準備走回座位的途中，看到了那個男人。

男人坐在窗邊的座位，但並不是一個人，而是和另一個人並排坐在四人座的座位上。

草兒無法判斷另一個人是男人還是女人，因為那個人的長髮垂到背上，身上也穿著女人的衣服，但臉和身體看起來像男人。

他們兩個人只是並排坐著，身體並沒有接觸，但感覺很親近。雖然他們的身體分開，但看起來好像依偎在一起。

男人的面前放著冒著熱氣的鐵盤，男人用刀子切開鐵盤上的漢堡排放進嘴裡，發出了「呼嘩」的聲音。和他之前抬頭看鼴鼠骨架感到驚訝時發出很呆的聲音完全相同。

「好燙。」

「嗯。」

「但是很好吃。」

「對啊。」

男人和他的同伴沒有互看，簡短地交談著。草兒正想和男人打招呼，男人突然抬起了頭。草兒原本準備打招呼的手停在半空。因為他發現男人正在向他緩緩搖頭。

男人的視線看向身旁低頭注視著鐵盤的人，然後又看向草兒的媽媽和外婆的座位。男人毫不猶豫地看向那個方向，草兒知道原來他早就看到了自己。

男人又搖了搖頭，嘴角露出了笑容。草兒緩緩放下了舉起的手，走回自己的座位。

草兒仍然不知道男人旁邊的那個人是男是女，但對他來說，這件事根本不重要。他覺得對男人來說，那個人的角色就像是男人藏在提鞄裡的零食，應該說，草兒希望那個人可以成為男人的精神支柱。

草兒想要祈求神明，希望那個男人和成為他想要逃離「很多不如意」世界時的精神支柱，「既麻煩，又很重要的人」能夠永遠健康，希望不知名的他們得到幸福。

「你遇到什麼好事。」

草兒把吸管放進可樂時，外婆問他。即使外婆這句話也沒有帶問號，但他也知道外婆在發問。他已經漸漸瞭解了，外婆正在問自己。

「沒有啊。」他回答的聲音難掩興奮，忍不住笑了起來。他喝了一口，發現可樂很甜，這件事讓他更大聲地笑了起來，但也同時讓他想要流淚。

口哨

她思考了幾秒鐘，才發現那是口哨聲。因為那個傳入她耳朵的聲音比她平時好玩時吹的口哨音程更準，音量也很響亮。她知道這首曲子，只是一時想不起曲名。

初音停下腳踏車，尋找口哨聲傳來的方向。周圍沒有人。

「怎麼了嗎？」

美姬一臉驚訝地看著停下腳踏車後，開始東張西望的初音。初音現在必須負責每天去托兒所接姪女，於是緊急在腳踏車後方裝上了兒童座椅。坐在兒童座椅上的美姬雖然才四歲，但個子並不小，所以勉強擠進座椅。

「因為我聽到了口哨聲。」

初音在回答的同時，電車從頭頂上經過。美姬讀的托兒所在車站附近，每次接了她之後，就會沿著高架橋旁那條筆直的路騎回家。

「因為聽到了口哨聲？」

美姬的小嘴巴重複了初音剛才說的話，沒有起伏，好像整句話是一個單字。口哨聲已經消失不見了。

初音至今仍然記得父母家的玄關掛上「小宮」門牌時的情景。那時候哥哥七歲，初音五歲。父親得意地說：「終於如願買了房子。」媽媽開玩笑說：「是啊，還有三十年的貸款。」

「釘門牌儀式」時，媽媽恭敬地遞上木製的門牌，爸爸接過去後，用釘子釘在玄關時，得意的臉上泛著紅暈。

初音覺得父母還完貸款的「三十年」後是遙遠的未來，她以為磁浮列車會變成理所當然，也想像著自己生活在高科技世界的樣子。比方說，讓孩子坐在只要按下一個按鍵，就可以播放音樂的嬰兒車內；當自己用電子支付購物時，手機出現了丈夫的立體影像對她說：「今天要晚回家，不用等我吃飯了。」她對未來的想像猜中了兩成，有八成猜錯了。

她抬頭看向經過三十年的歲月，已經髒得有點發黑的門牌後，按了對講機的門鈴。玄關的門打開了，母親探出了頭。

美姬沒有說「我回來了」，就直接進了屋。她每次都這樣，也許她認為這不是她家，所以不用說。

「美姬，要把手洗乾淨。」

母親對著美姬的後背叮嚀後，轉頭看向初音。

「妳要進來嗎？」

「不了，明天見。」

初音把美姬的書包交給母親後，轉身離開了。美姬的奶奶，也就是初音的母親負責每天送美姬去托兒所，今年七十歲的母親似乎覺得她一個人負責接送負擔太重，所以就要求美姬的姑姑初音分擔。父親說「我要上班」，原本應該承擔起照顧責任的美姬父親，也就是初音的哥哥也說「我要上班」。他們似乎以為只要這句話，就可以說明一切。

初音也要上班，她沒有問過父親和哥哥如何看待這個問題。對初音來說，什麼都不問，每天下班後去托兒所接姪女後送回老家，比和他們溝通輕鬆多了。幸好她獨自生活的公寓離老家並不遠。

因為某些因素，所以我必須去托兒所接姪女。這句話可以拒絕加班和上司令人頭痛的邀約。

腳踏車只剩下一人後，頓時輕了許多。灰色圓形的雲朵點綴在被染成粉紅色的西方天空中，隔著電線看到的雲好像音符，她想起了小時候學鋼琴時的琴譜。雖然當初是自己提出要求，於是開始去音樂教室學鋼琴，但老師很嚴格，也很可怕，而且練琴也很無趣。她練了三年左右就放棄了，現在連怎麼看樂譜都忘了。

我心愛的事物。她出聲說了這幾個字後，視野頓時變得晴朗清晰。對了，就是剛才聽到口哨聲吹的曲子。

那是一部很久、很久以前的音樂劇電影中的歌。那首歌中列舉了順著玫瑰上的雨水，小貓的鬍鬚等自己喜歡的事物，最後一句的歌詞是：心情悲傷時，只要想到我心愛的事物，就不會覺得太糟糕。

她也試著用口哨吹這首歌，但只發出咻嚕咻嚕無力的聲音。

初音在公司食堂的食券機前掉落的十圓硬幣帶著弧度在地上滾動，撞到了粉棕色的鞋尖停了下來。井上姊彎腰撿起了十圓硬幣。

「給妳。」

十圓硬幣放在初音的手掌上，擦了和鞋子同色指甲油的指尖輕輕刮到了初音的皮膚。

「謝謝。」

初音把十圓硬幣丟進了食券機，井上姊站在她身後。

「小宮，真難得啊，妳竟然會來食堂。」

「因為早上睡過頭了。」初音在回答的同時，按了咖哩的按鍵。

初音平時都會帶便當，坐在自己的辦公桌前吃飯。井上姊是比初音資深二十年左右的前輩，坐在初音斜前方的座位。雖然她年資很長，但沒有一官半職。「因為我是女人。」井上姊說了這個無法成為理由的理由。

「那我也來吃咖哩。咖哩這種東西，只要看到別人吃，就忍不住也想吃。」

初音把食券遞給櫃檯，一盤咖哩立刻放在她的餐盤上。

大家似乎對化妝品廠有強烈而刻板的印象，每次在初次見面的人面前說出公司名字時，對方十之八九會問：「妳的同事是不是都打扮得光鮮亮麗？」或是「同事都是女生，勾心鬥角很嚴重吧？」事實上完全沒有這種事，但大家為什麼會有這種印象？她偶爾會和井上姊聊這個問題。並不是女人就一定會勾心鬥角，雖然有一定比例的人容易和別人勾心鬥角，但這和性別沒有關係。

「完全不覺得啊。」

「是啊，我也不覺得。」

「也可能是因為，」井上姊當時這麼說，「也可能是因為我們在會計部，所以沒有這種感覺，或許負責行銷或業務的同事之間，競爭就很激烈。」

井上姊有時候會用「我們」這個人稱。初音每次聽到她說這兩個字，就覺得感覺很不錯。初音並沒有強烈的自我，並不會在任何時候主張「我就是我」。井上姊口中的「我們」模糊了初音作為「一個人」的輪廓。既然不是「一個人」，當然就不會孤獨。至少對初音來說是這樣。

也許是因為已經超過下午一點，食堂內沒什麼人。月底總是比較忙，會計部的員工無法準時午休。

公司食堂的咖哩比老家的咖哩稀薄，就像海浪沖濕沙灘般滲入白飯後，沉入餐盤底部。井上姊和初音不同，每天都會來食堂吃飯，她說食堂的工作人員裝盤時看心情，有時候飯太多，有時候咖哩太多，總之很少恰到好處剛剛好。今天似乎是福神漬大放送的日子，餐盤角落出現了紅色的小山。

初音一個人住，自己很少煮咖哩。雖然只要上網查，就可以查到如何製作一個人可以吃完的分量，但她覺得與其這麼麻煩，還不如吃咖哩即食調理包，或是像今天這樣，在外面吃就好。

井上姊把一口分的咖哩和白飯混合後送進嘴裡，在這個單純動作的空檔，問了這個很不明確的問題。

「最近怎麼樣？」

「每天都要去托兒所接姪女，非假日都少不了這項例行工作，但已經習慣了。」

「喔，之前聽妳提過，妳哥哥和嫂嫂他們也不容易。」

「口哨……」初音說到一半，發現這件事其實不值一提，於是就閉了嘴，但聲音似乎已經傳入井上姊的耳朵。「嗯？口哨？」她催促初音繼續說下去。

「我在騎腳踏車時聽到了口哨聲。因為口哨聲很優美，所以我很好奇是誰吹的口哨，但最後還是沒有看到吹口哨的人。」

「啊喲，原來是這種事。」

已經吃完咖哩的井上姊用面紙仔細擦拭了嘴巴，拿出了手機。她點了影片網站的圖示後，輸入了幾個文字，然後把手機朝向初音。

「妳知道這個人嗎？最近好像很紅。」

一個年輕男人拿著麥克風站在並不大的舞台上，配合旁邊女人的手動音樂盒發出的聲音吹著口哨。初音不知道那是什麼性質的表演，但鏡頭不時拍到觀眾聽得如痴如醉的樣子，讓井上姊說的「好像很紅」這句話很有說服力。影片的標題出現了口哨藝術家之類的文字。

「真希望妳聽到的口哨也是這個人吹的。」

心情愉快地吹著口哨的男人瘦瘦高高，五官也很端正。

「然後希望可以展開一段羅曼史。」

「什麼意思啊？」

井上姊沒有用「邂逅」這兩個字，而是說「展開一段羅曼史」，很像是她的風格。

熱鬧的說笑聲慢慢靠近，經過她們的身旁。其他部門的同事和她們一樣，過了午休時間才開始午休。初音認得這四、五個二十幾歲的男、女同事，但不太記得他們的名字，只知道他們經常一起行動。

「真羨慕啊。」井上姊看著那幾個年紀可以當她兒女的年輕人嘀咕道，她的語氣很輕鬆，既像是在說「他們看起來很開心，真讓人羨慕」，也像是說「真羨慕他們無憂無慮」。

真不希望以後像她那樣。

忘了是什麼時候，初音曾經聽到他們說完這句話之後哄堂大笑。初音那天也來不及做便當，只好來食堂吃飯。那幾個年輕人說話時看向獨自吃飯的井上姊，初音並不想主動知道他們說的「那樣」，具體是指井上姊的哪一部分。因為初音和井上姊是「我們」，初音身上也必定有「那樣」的部分。那天之後，她就盡可能遠離食堂，之前都忘了這件事。

真不希望以後像她那樣。初音看到自己租屋處藤波公寓後方松榮莊一樓的女人信田吉江時，也曾經有過這樣的想法。

藤波公寓雖然是屋齡有三十年的老房子，但是鋼筋水泥的四層樓房子。松榮莊是木造的兩層樓房子，因為被藤波公寓擋住的關係，所以光線很差，從初音位在四樓的房間往下看，就可以看到松榮莊屋頂的瓦片去年被颱風吹走之後，至今仍然只是用塑膠布遮起來而已。

藤波公寓和松榮莊之間的小巷有三台自動販賣機。那條小巷根本沒什麼人，初音每次都很納悶，為什麼會把自動販賣機放在那種地方？

信田吉江經常把裝了貓飼料的盤子放在家門口，據初音的觀察，不止一隻貓在那裡吃飼料，有白貓、黑貓，還有虎斑貓出入，這些貓應該都是流浪貓，如果是飼養的貓，應該會讓牠們在家裡吃飼料。信田吉江在餵流浪貓。

信田吉江應該是獨居老人，年紀大約七十多歲。她家雖然沒有門牌，但用紙寫了「信田吉江」的名字，用膠帶貼在玄關的門上，所以初音知道那是她的名字。

信田吉江經常探頭向自動販賣機下方張望，或是伸手去摸退幣口，每次發現裡面空無一物時，就會咂嘴。

初音還曾經看到她在垃圾丟棄站，試圖把一綑雜誌帶回家。初音並不覺得她吝嗇，知道這個世界上有各式各樣的人，每個人有不同的人生。只不過能夠接受世界上有不同的人生這個事實，並不代表自己也想過那樣的人生。初音不希望自己成為像信田吉江那樣的人。

她用力踩著腳踏車的踏板，一路趕去托兒所。因為月底業務比較繁忙，所以今天比平時稍微晚下班。

美姬氣鼓鼓地等在只剩下幾名小朋友的教室內。

「這麼晚。」

美姬舉起手，做出要打初音的動作。托兒所的老師身上繫了一條有巨大熊臉貼布縫的圍裙，說明了美姬今天的情況。美姬為娃娃班的小朋友穿鞋子，同班的男生吵架時，她還上前勸阻，似乎有三頭六臂，在托兒所表現得很活躍。

初音騎腳踏車時稱讚她：「妳好厲害。」美姬把頭轉到一旁，問了一個完全無關的問題：「初音姑姑，妳為什麼不結婚？」

「美姬，妳很厲害，嗯，真的很厲害。」

初音也不甘示弱，不理會美姬的問題。

「我問妳啊，妳為什麼不結婚？」

初音沒有回答，但開始唱歌。包飯糰的海苔香噴噴；季節開始轉變，穿短袖時涼涼的感覺；柴犬捲起的尾巴。初音的〈我心愛的事物〉字數不對稱，音程和旋律都亂七八糟，聽起來像在唸經，她為自己毀了一首名曲感到心痛。

「為什麼？」

「妳—吵—死—了—」

初音用唱歌的方式數落了一句，在等紅燈時瞥了美姬一眼，發現美姬不滿地噘著嘴，踢著兩隻腳。

初音很驚訝出生才四年的人，竟然已經配備了「每個人都『必須』結婚」的想法，但想到美姬的生長環境，或許就不會感到意外。

回到家後，獨自吃著筑前煮代替晚餐，拿起了電視遙控器。母親剛才說：「我做了太多筑前煮，妳帶一點回去。」交給她二十公分見方的大保鮮盒，恐怕明天和後天都要繼續吃這一大盒菜。

她連續換了好幾個頻道，都沒有看到想看的節目，於是關上電視，把放在桌上的手機拿了過來。原本想再看一次井上姊介紹的那個口哨藝術家，但也許是習慣成自然，手指很順手地點了ＩＧ的圖示，點開已經看過很多次的琉璃香ＩＧ帳號，應該也是習慣的延續。正方形框框內那些光鮮亮麗的照片，今天也讓初音感到刺眼。

精心製作了一整桌的料理，或是好幾個衣著華麗的女生，最後上傳的是美姬彈鋼琴的照片。姪女穿了一件有很多波浪皺褶的粉紅色洋裝，神情嚴肅地坐在鋼琴前。

『今天是女兒的鋼琴發表會，雖然彈錯了幾個音，但我覺得這是世界上最美的音樂（愛女成痴）。老師也說女兒彈得很好，太開心了。』

接著又用主題標籤列出了名牌的名字，說明洋裝是哪一個牌子，鞋子又是哪一個牌子。

其他貼文也都是鉅細靡遺地記錄了自己覺得女兒多可愛，丈夫多優秀，在每天平靜的生活中，感受到微不足道的幸福，也頻頻出現「感謝」這兩個字。雖然應該也有和初音的哥哥婚禮的影片，但初音懶得找五年前的內容。

琉璃香和哥哥結婚時二十四歲，在婚宴上朗讀給父母的信中寫著「結婚之後，我會走入家庭，成為雅也的賢內助」。許多年長的男人都發出感動的聲音，為她鼓掌，坐在初音旁邊的堂妹皺起眉頭，發出了「呃」的聲音。

哥哥是技術人員，在無人不知的知名企業工作。親戚都起鬨說，只要賺的錢夠多，就可以娶到年輕漂亮的美嬌娘。

有一個年紀比妳小的嫂嫂是怎樣的心情？婚宴上，好幾個哥哥的朋友都問初音這個問題，還說什麼「初音，妳終於當小姑了，可不要欺負嫂嫂喔」。

呵呵呵。初音不置可否地笑了笑，心想他們到底想聽到怎樣的答案？自己怎麼回答，他們才會滿意？

她把手機放回桌子後閉上眼睛，她認為這個世界上最美的音樂，就是前男友用指尖彈奏吉他的音色。

那把吉他有著像稻穗般的顏色，當夕陽照進屋內時，就變成深秋的顏色。當她第一次造訪前男友家時，那把吉他就像寶物一樣放在那裡。

「我以前讀高中時稍微學了一下，上次回老家時看到，覺得很懷念，就帶回來了。」

男友靦腆地抱著吉他，初音在他身旁坐了下來，央求他彈看看，雖然他彈得斷斷續續，但聽起來感覺很舒服。

前男友是公司的同事，雖然很瘦，但手很大。他沉默寡言，也很不擅長交際，一旦熟了之後就很健談。

他以自己不考慮結婚為由，向初音提出分手，不到一年，就和另外的女人結了婚。初音終於知道，前男友的意思是不考慮和她結婚。事後回想起來，發現自己和他在這方面、那方面都意見相左且合不來，有很多「差異」，這些「差異」的總決算，導致了他們的分手。

話雖如此，和前男友共度的時光很快樂，所以她為這樣的日子畫上了句點感到遺憾。雖然遺憾，但他們是在理性溝通後和平分手，所以他之後和別人結婚也和初音無關。嫂嫂比她年輕這件事，也沒有對她的人生產生太大的影響，別人卻喜歡說她是「可憐的人」。

衣服被人從後面用力拉扯的衝擊，導致腳踏車搖晃起來。她把腳踏車停在人行道邊緣，回頭對美姬說：

「妳不要拉我衣服，這樣很危險。」

她內心為小孩子竟然有這麼大力氣感到驚訝，不知輕重的人太可怕了。

「我不想回家。」

「什麼？」

「美姬不想回家。」

美姬低頭玩著安全帶。

「在奶奶家發生了什麼事嗎？」

初音每次接了美姬後，就把她送回老家，不知道自己的父母怎麼和美姬相處。

初音還是小學生時，每天放學回家，母親幾乎都在廚房。她清楚記得母親兩腳交叉站立，在廚房剝蔬菜皮的背影。她總是來不及放下書包，就圍著母親打轉，報告當天發生的事。母親雖然要她「先去洗手」、「去把書包放好」，但總是面帶笑容聽她說話，只有一次，無論初音說什麼，母親都完全沒有任何回應。媽媽，妳聽我說嘛，媽媽。初音拉著母親的圍裙，母親停下了正在擦拭盤子的手，把抹布丟向初音的胸口。雖然她知道自己惹母親生氣了，卻不知道其中的原因。

成年之後，她曾經問過母親：「那一次妳到底生什麼氣？」結果母親完全不記得了。

「有這回事嗎？」

「當然有啊，妳忘記了嗎？」

「可能心情不太好吧。」

母親若無其事地淡淡回答，初音記得當時並不驚訝。也對，父母也是人，無法讓心情持續保持一定的溫度，當時沒有丟盤子，而是丟抹布，是母親在剎那間的理性。母親當時無意傷害初音。

但這是長大之後才能理解的事，小時候只是對大人的心情起伏感到困惑。

「發生什麼事了嗎？」初音又問了一次。美姬沒有回答。初音騎上腳踏車重新上路，在左轉就可以去老家的路口直線前進，騎向藤波公寓。

「初音姑姑，這是妳家嗎？」

「對。」

美姬驚訝地張著嘴，打量著初音的房間，似乎對初音刺繡的抱枕套、只有一張椅子，和放在電視旁的人偶等每一樣東西都感到好奇，逐一拿在手上問：

「這是什麼？」「這個呢？」

「要喝什麼？」

「水。」

「水……？我也有牛奶喔。」

即使初音這麼說，美姬仍然搖頭說：

「不行，會變胖。」

初音差點笑出來，但努力繃緊了臉頰。

「不會胖啦，妳年紀還小，不必在意這種事。」

「美姬很胖。」

「不，妳不胖。」
雖然美姬說的話很匪夷所思，但初音還是倒了礦泉水後遞給她。
當初買馬克杯時，覺得「只要買一個大杯子，就不需要一直站起來倒水」，結果美姬在喝水時，把她的整張臉都遮住了。
她打開電視，尋找小孩子會喜歡的頻道，剛好有在播兒童節目，美姬也目不轉睛地盯著電視。初音趁這個機會拿起手機，母親可能為她們這麼晚還沒有到家感到擔心。
美姬想來我家看看，所以就帶她回來了。初音寫完訊息後發了出去，立刻收到了「好，今天晚餐吃漢堡排，不要給她吃點心（笑容的表情符號）」這種漫不經心、讓人感到無力的回覆。
美姬出生時體重將近四千公克，隔著玻璃向新生兒室張望時，發現她比兩旁的嬰兒都大一圈，看起來氣勢十足。
琉璃香住在那家以餐點好吃著稱的婦產科「特別病房」。
「比妳的房間更大、更豪華。」已經去看過孫女的母親對初音說。初音原本打算看完嬰兒就回家，但對特別病房到底有多特別產生了好奇。

當她站在特別病房門口時，聽到門內傳來的聲音。原來母親也剛好來了，在不停地稱讚琉璃香「了不起」、「很辛苦」之後，突然聽到自己的名字，忍不住停下原本準備敲門的手。

「真希望初音看到小孩子後，也會開始著急結婚之類的問題。」

初音沒有聽到琉璃香的回答，但知道她說了什麼安慰母親的話，因為接著又聽到母親說：「才不是這樣，那個孩子只是整天稀里糊塗而已。」

母親希望自己開始「著急」，初音並沒有為無法實現母親用天真的語氣說出的心願感到抱歉，她告訴自己不要這麼想。

「美姬，妳並不胖。」

美姬看著電視重複說：「美姬很胖，美姬根本不可愛。」

「是誰說這種話？該不會是奶奶？」

「托兒所的同學。」

美姬結結巴巴地向初音說明，班上的男生說她不像同班的某某女生那樣，所以不可愛。美姬既沒有感到憤慨，也沒有悲傷嘆息，只是淡淡地說明。

「美姬，妳很可愛啊。」

年僅四歲的女孩因為不像別人這個理由而遭到否定。

不，這和年紀沒有關係。初音在腦海中否定了自己剛才的想法，無論幾歲都不行。

「美姬，妳很可愛，真的很可愛。」

這或許並不是美姬想聽的話，也許無法打動美姬，但初音仍然想要說，要一次又一次對她說。

沒有拉窗簾的窗外世界漸漸混合了夜色，初音抱著膝蓋，看向窗外。

染成藏青色的夜晚因為便利商店和附近仍在運轉的工廠燈光，底部呈現了白色。

「差不多該回家了。」

美姬明顯不太願意，但仍然把自己的書包拉了過來。

初音把腳踏車從停車場推出來時，又聽到了那個口哨聲。初音打量周圍，尋找聲音傳來的方向，美姬也跟著她左顧右盼。

「那是什麼聲音？」

「口哨聲。」

那個聲音越來越近，初音從停車場衝到小巷時，看到了正在吹口哨的人。

她想起井上姊說，很希望可以展開一段羅曼史，忍不住笑了出來，因為吹口哨的人是住在松榮莊一樓的信田吉江。

信田吉江雙手握在背後，慢慢地、慢慢地走了過來。她縮起嘴唇，舒暢地吹出優美的旋律，美姬驚訝地瞪大了眼睛。

「妳好。」

初音向信田吉江打招呼，口哨聲停了。

「好，妳好。」

信田吉江的聲音低沉而沙啞，她用繩子掛在腰上的鑰匙打開了玄關的門，發出了嘎答嘎答的聲音。

「貓咪。」

美姬小聲說道。信田吉江回家的同時，貓就從松榮莊旁走了出來，好像一直在等她。初音第一次看到這隻身上有黑色斑點的白色瘦貓。

「對啊，是貓咪。」

信田吉江走進房間，很快就拿著貓飼料的小袋子走了出來，把貓飼料倒在盤子裡，發出沙沙的聲音。

「來來來，快吃吧。」

貓走到盤子旁吃了起來。「簡直就像聽得懂人話。」初音小聲嘀咕，信田吉江聽到了，咧著嘴笑了起來。

「貓聽得懂啊，牠們都很聰明。」

「我想摸貓咪。」美姬拉著初音的袖子說道，初音還來不及回答，信田吉江就插嘴說：「這要問貓，而不是問媽媽。」

「她不是我媽媽。」

美姬鼓著臉頰說，信田吉江沒有理會她，繼續對她說：「因為妳要摸的是貓。」

「貓咪，我可以摸你嗎？」

貓當然既沒有說好，也沒有說不好，只是把臉埋在盤子裡繼續吃飯。看到牠單側的耳朵剪掉一小塊，得知牠已經結紮了。

「這是這一帶的人一起養的地域貓。」信田吉江說完，「嘿喲」一聲，在玄關旁的小椅子上坐了下來。

「地域貓嗎？」

初音戰戰兢兢地跟著說了一次。雖然她之前就知道這種沒有固定飼主，由附近居民一起飼養的方式，但不知道自己住的地方也有這樣的貓。

信田吉江說，這些貓由附近的居民餵食、鏟屎，為了避免牠們繼續繁殖，也做了結紮手術，相關費用都由居民共同負擔。

「所以要花不少錢，我每天都只能節省再節省。」

雖然初音覺得偷自動販賣機找零的錢，或是撿別人丟的垃圾稱不上是節省，但她當然沒有說出口。

貓吃完貓飼料後，跳到了信田吉江的腿上。

「結紮手術。」美姬納悶地跟著嘀咕了這幾個字，初音告訴她：「就是讓牠們不要再生孩子了。」

「好可憐。」

好可憐。也許是這樣，但也許不是。初音不是貓，所以無法回答。

真不希望以後像她那樣。以前的確曾經有過這種想法，但是很會吹口哨的信田吉江撫摸貓的動作，溫柔得讓人忍不住想要流淚。

「我想去看媽媽。」

美姬坐在腳踏車的後座，小聲地說。初音並不覺得唐突，也當然知道美姬一直想見到她的媽媽。

「嗯。」

「我想媽媽。」

「嗯。」

初音並沒有對她說，她沒辦法見到媽媽，說了也無濟於事，只會讓她更加想媽媽。

不知道琉璃香目前在做什麼？初音想起最後一次見到她時，她整個人憔悴不堪的樣子。

「琉璃香要暫時回娘家住一段時間。」

初音清楚記得哥哥說這件事的景象。哥哥把她找去老家後說「琉璃香的身體出了點問題」時，那種語氣簡直就像是退回瑕疵的貨品。

那天覺得四個人圍坐的餐桌特別小，而且很不自在。父母都低著頭，美姬抱著熊熊的絨毛娃娃，背對著他們坐在客廳。

哥哥說，琉璃香從不久之前開始，就無法外出，有時候甚至無法下床，家裡亂成一團。她無法照顧美姬，導致美姬無法去托兒所，也不能去上鋼琴課。

琉璃香目前在娘家，聽說她不和任何人見面，幾乎一天二十四小時都在睡覺。

沒有人知道她為什麼會變成這樣，雖然醫生說，這就像是心靈骨折，有可能發生在每個人身上，但初音仍然一次又一次看她在社群網站上的貼文，試圖從中看出端倪，瞪大眼睛尋找是什麼把她逼到這個地步的痕跡，但也同時覺得即使找到了，又能怎麼樣呢？

「琉璃香真是太好命了。」

耳朵深處響起母親嘆著氣說的話。

「有一個會賺錢的老公，生了一個可愛的女兒，擁有女人所有的幸福，她到底還有什麼不滿？為什麼會變成這樣？」

母親搖著頭，發自內心無法理解。

初音緩緩騎著腳踏車，像往常一樣，母親的聲音之後，又會聽到哥哥的聲音。

「是不是稱了妳的心？」

哥哥看起來很不悅，心浮氣躁，但又露出好像在害怕的眼神。

「琉璃香擁有所有妳不具備的東西，妳是不是一直都很羨慕她？」哥哥又接著說，「但妳不要因為這樣就遷怒到美姬身上，小孩子是無辜的。」雖然對哥哥竟然認為自己是個性這麼差的女人感到憤慨，但更驚訝哥哥竟然有如此深的成見，認定缺乏某些東西的人，必定會嫉妒擁有這些東西的人，也很驚訝他竟然會把自己的女兒交給這種人。

無論是自己，還是琉璃香，或是美姬、母親，還有井上姊，以及信田吉江，都有各自的痛苦和悲傷，也有各自的喜悅和心願。

照理說，我們早就知道幸福並非只有一種，難道不是嗎？初音這麼想著，用力踩著腳踏車的踏板。既然這樣，我們仍然會不停地問那些放開「女人的」幸福的人「為什麼？」、「為什麼？」

這才是真正該問「為什麼？」的問題。她希望有朝一日，可以和琉璃香聊一聊這些事。

她縮著嘴唇吹著氣，仍然只發出咻嚕咻嚕的聲音，但她覺得似乎比上次進步了些。這件事讓初音踩踏板的雙腳更加有力了。

夢　中　情　人

紗英梨是全身上下都無可挑剔的美女。大部分人都有「最有自信的角度」，拍照的時候，當然要從那個角度拍攝。但是紗英梨不一樣，她三百六十度零死角，無論從哪一個角度看都很美。無論早晨剛起床，或是熬夜之後拍照，也一定挑不出任何毛病。

我必須聲明，這種陳腔濫調的形容並不是我想出來的。

順便提一下，我沒有所謂的「最美的角度」。在我十幾歲時，曾經相信「我也一定有看起來很美的角度」，然後就像尋找古代秘藏寶藏的探險家一樣，拿著小鏡子奮鬥，但最後還是白費了力氣。

我無法把自己拍得比本人更好看，所以無論是以前還是現在，我都不喜歡拍照。在我不知情的情況下被拍照，或是勉為其難拍的照片都比本人更難看，所以就讓我更加失望。因為十之八九都被拍到我翻著白眼，或是臉鼓得像包子一樣。

幾年前，我隨口對女兒律佳說「我很不上相」時，律佳歪著頭，一臉驚訝地問：「會嗎？」也許翻白眼、包子臉就是我真正的樣子。

我想著這些事，和伸著長腿、坐在沙發上的紗英梨四目相對。

這個人還不走嗎？

她用眼神問我。她今天也拿了一本很厚的書放在腿上，我坐的位置看不到書名，但八成是詩集。波特萊爾、拜倫、葉慈、里爾克，我沒讀過這些詩人的詩，只知道這些詩人的名字，但是年輕美女很適合讀詩集，而不是看我以前很愛的《開心享瘦》之類的書，或是律佳以前很喜歡的小學生漫畫雜誌《快樂快樂月刊》。

等一下應該就會離開了。我也用眼神，也就是心電感應回答紗英梨後，看向隔著外觀漂亮的漆盒——重箱，坐在我對面的人。我都叫她「結・子・阿・姨」，我老公叫她「結子阿姨」，因為她是我婆婆的姊姊。雖然發音聽起來和「結子阿姨」一樣，但我在內心則是用「結・子・阿・姨」來標記，認為她只是叫這個名字的生命體。只要認為她是和我不同種類的生物，就能夠把她大聲說話，以及沒有事先聯絡，就突然上門的習慣視為是那種生物的習性而原諒她。

「來，趕快吃吧。」

結・子・阿・姨把帶來的重箱推到我面前，重箱內裝了滿滿的牡丹餅都是她親手做的，外層分別裹了紅豆粒餡、黃豆粉和海苔粉。她說目前是春天的掃墓季節，所以就送了這些過來，而且是在政府宣導「盡可能避免非重要、非緊急的外出」的這個時機，特地上門送牡丹餅。

「妳不是喜歡吃牡丹餅嗎？妳之前不是說，可以一口氣吃好幾個嗎？」

我以前這麼喜歡吃牡丹餅嗎？我想不起來。

結．子．阿．姨從剛才就一直在聊我老公以前的事。草介小時候如何如何，那時候的草介又是如此這般，一直沒完沒了。從草介故事的枝葉，又長出新的草介故事的嫩芽，然後開始生長。永不結束的草介故事會讓寫下《永不結束的故事》的安迪也嚇到。以下簡稱「草介故事」為「草事」。

「草介不是久保田家第一個孫子嗎？他還是嬰兒的時候，大家都搶著抱他。」

我早聽過了，而且還不止一次，超過一百次。沒想到內心的吐槽剛好符合俳句的五七五格式。我將視線從結．子．阿．姨身上移開，想著律佳讀小學時喜歡玩的遊戲。那個遊戲中出現了很多怪獸，有長得很可愛的烏龜，也有外形很可怕的龍，不同的怪獸都有「身體衝撞」、「發射火焰」之類的必殺絕技，結．子．阿．姨的必殺絕技就是「千篇一律」，「用一次又一次說相同的話這個招數奪走對方的生命力」，所以我必須用「心不在焉」來對抗。

老公的母親，以及他的祖父母、兄弟，也就是結．子．阿．姨的妹妹和父母，還有身邊的親戚，全都在五十多歲就生病去世了。其他家人也都在差不多的年紀，或是更早就離開了人世，所以是短命家族。

「我沒有孩子，所以草介……只有小草……」

我的視線穿越用手帕按著眼角的結．子．阿．姨，再次看向紗英梨。我知道結．子．阿．姨並不是壞人，但她上午九點突然上門，然後淚流不止地說草事，讓我有點不知所措。

等一下又會把在他一歲時，帶他去天王寺動物園的事作為壓軸的精采故事。對獅子和大象都不感興趣，一直都撿小石頭玩，「他撿了很多小石頭，裝滿了一整個塑膠袋，是不是很傻？」當然也不會忘記說和住在白濱的親戚一起去海水浴場時差一點溺死，和他明明對動物過敏，卻摸了親戚飼養的馬爾濟斯圓圓，結果臉上長滿了蕁麻疹的事。「因為那孩子很愛狗，因為他心地很善良。」

草事也有「成人篇」。母親節時，曾經送花給她，還說：「結子阿姨就像是我的媽媽。」那孩子很善解人意。

啪答。紗英梨闔起手上的書站了起來，我看著她走向廚房，她沒有看放在衣櫥上的牌位一眼。

我再次打量著我們一家住了超過十年的這個房子，牆壁已經泛黃，隔著吧檯也可以看到廚房的電磁爐最近狀況不太好。

紗英梨打開的冰箱也用了十五年，她從冰箱拿出礦泉水，倒在細長形的杯子裡，站在那裡直接喝了起來，她白皙的喉嚨微微起伏。我家有這種像香檳杯的杯子？這個家裡應該沒有任何器具配得上這個沉默不語，充滿神秘感的美女。

老公很中意這棟公寓。我們當初買的時候，屋齡已經有十五年了，但前屋主重新裝潢過，所以看起來像新房子。離車站只有兩分鐘的路程，超市就在旁邊。當初看了好幾棟中古的房子，終於找到這麼出色的物件，所以他滿心歡喜。

以老公名義申請貸款（三十五年）時，律佳只有十一歲。女兒遲早會搬出去住，之後只有我們兩個人住，所以買三房兩廳的房子就夠了，但老公堅持要買四房兩廳以上的房子。

從之前的租屋處搬來這裡的當天晚上，我就瞭解了老公如此堅持的理由。老公坐在代替桌子的紙箱旁，吃著放在紙箱上的熟食漢堡排時，指著客廳旁的榻榻米房間說：「我爸或是我媽總有一個人會先死，到時候就會把另一個人接來家裡同住，就可以住那個房間。」我當時正在吃炸豬排飯，豬排差一點卡在喉嚨吞不下去。

我老公完全不和我商量，就擅自決定「和父母同住」這種重要而敏感的問題，他就是這種人。早知道我在喪主致詞時，就該這麼說。感謝各位今天在百忙之中，抽空來參加亡夫久保田草介的葬禮。承蒙各位的協助，昨晚的守靈夜和今天的告別式都得以順利進行，相信亡夫也會感謝各位。請問各位知道亡夫是那種遇到重要而敏感的問題時，不和別人商量，就擅自決定的人嗎？啊，他在公司也是這樣嗎？哇噢！

之後丈夫的父母接連生病死亡，同住的事也就不了了之。當上護理師的女兒不出我的預料，在職場附近租屋而居。出乎意料的是，並沒有等到所謂的「只有我們兩個人住」的生活。

「那孩子還這麼年輕，真的太可憐了。」

「那個孩子」，也就是久保田草介四十六歲就結束了他的一生，他的父母五十多歲才死，所以他死得更早，完全出人意料。

「先不說這些了，妳趕快吃啊。」

結・子・阿・姨又把重箱推了過來，我記得她上次來家裡時，帶了炊飯飯糰上門。我難以理解她為什麼整天想要我吃東西，難道想讓我發胖嗎？她難道是《糖果屋》裡的女巫嗎？

結．子．阿．姨從來不叫我的名字，都用「妳」來稱呼我，她可能根本不知道我的名字。

紗英梨喝完水後靜靜站在我身旁，她把手放在我的肩上，白皙纖細的手指好像在彈鋼琴般輕輕動了幾下。妳想安慰我，謝謝，但是我沒事。我帶著這樣的想法，握住了她的手。

「妳怎麼了？」

結．子．阿．姨見我轉頭看向斜後方，露出了訝異的表情。

「有蟲子嗎？」

紗英梨立刻離開了我的身旁，我的視線追隨著她好像在冰上滑動般的腳步。我知道結．子．阿．姨順著我的視線看過去。沒用的，我心想著，因為妳看不到紗英梨。

「沒事。」

目前只有我能夠看到紗英梨，因為紗英梨是夢中情人。

老公出生在短命的家庭，比別人更注重健康。只要在健檢時發現膽固醇的數值升高，就會六神無主，驚慌失措，只要打個噴嚏，就會嚷嚷著自己感冒了，搞不好得了流行性感冒，然後衝去醫院看診。

他的興趣是釣魚，每個月至少要去河邊或是海邊釣魚三次，還特地把《驚心動魄！釣魚專科》、《釣魚——共好俱樂部》之類的節目錄下來看。

結婚之前，我們曾經討論過要生幾個孩子這件事。老公說了他的夢想——「無論兒子或是女兒都沒關係，只要願意陪我一起去釣魚就好」。

律佳對釣魚沒有興趣，父女兩人曾經去淀川釣過兩次魚，但律佳覺得「釣魚一點都不好玩」。即使是父女，興趣也未必會相同。老公似乎也鬆了一口氣，他可能也發現比起帶女兒一起去釣魚，獨自釣魚輕鬆多了。

他帶了釣到的魚回家和空手而歸的時候差不多各占一半，那天早上，老公也一大早就去海邊釣魚，結果不小心在岩石上滑倒，不小心撞到了頭。比他晚到的釣客發現後，急忙送他去醫院，但那時候已經沒了呼吸。

接下來就陷入一片忙亂，直到葬禮結束，接到聯絡後趕回家的律佳感到的茫然更勝於悲傷。

老公的很多同事都來參加葬禮，一名說是老公後輩的男人流著眼淚說：「久保田先生很照顧我。」我忍不住想「真的假的？」老公的死這件事本身，以及順利進行的守靈夜和告別式都完全沒有真實感，就覺得只有「真的假的？」這句平時我從來不會說的話格外貼切。

結．子．阿．姨留下牡丹餅後離開了，我把每一個牡丹餅用保鮮膜包起後丟進冷凍庫。雖然我不想吃，但又不好意思把別人送我的東西隨便丟掉。冷凍庫內還有她上次送我的炊飯飯糰，我只記得是上次，至於到底是什麼時候，我已經想不起正確的日期了。

冷凍庫裡還有章魚燒漢堡，但並不是結．子．阿．姨送來的，而是律佳昨天還是前天買回來的。她遞上塑膠袋說：「因為我剛好來這附近。」章魚燒漢堡排是車站前章魚燒店獨創的奇特商品，漢堡夾的不是肉，而是章魚燒。我之前也吃過，那是老公去世的不久之前，嚷嚷著「竟然有賣這種東西」買回家的。我們三個人還說他竟然找到這種奇怪的食物。

「雖然不難吃，但也不好吃。」我想起老公笑著說這句話的臉，無論如何都不想再吃第二次，所以就讓它在冷凍庫內沉睡。

「結・子・阿・姨真是太讓我傷腦筋了。」

我在洗重箱時，對著把手肘放在餐桌上的紗英梨說。

對啊，明日實。

紗英梨的回答直接在我的腦海中響起。

「雖然她人不壞。」

嗯，我也覺得，只是太嘮叨了。

敞開的窗戶吹進來的風吹起了紗英梨的頭髮，用老公的話來說，紗英梨一頭飄逸的長髮發出了沙沙的聲音。我的頭髮是天然鬈，尤其遇到下雨天，每次都會蓬得難以整理。雖然年紀大了之後，不再像以前那麼鬈，但還是無法擁有筆直的頭髮。

剛才在播亂七八糟綜藝節目的電視，不知道什麼時候變成了新聞報導。今天的感染人數、自主管理……每天都是相同的內容。

放在餐桌上的手機震動了一下，又馬上安靜下來，我隔著廚房的吧檯看了一眼，立刻收回了視線，一定是律佳打來的。

妳最好看一下。紗英梨催促道，我才不甘不願地點開了手機。

有吃飯嗎？

律佳每天都會和我聯絡，雖然也許不該這麼說自己的女兒，但我和律佳合不來。因為她太聒噪了。她從早上一鑽出被子，到晚上躺在枕頭上為止，都一刻不停地說話。她從小就是這樣，走路時也說不停。「媽媽，我跟妳說，今天在托兒所啊，我和老師啊，啊，妳看，有狗欸，好可愛。媽媽，是不是很可愛，然後啊，啊，有鴿子，媽媽，有鴿子。在托兒所的時候，小律哭了。啊，妳看！有郵筒！」她在說今天一天所發生的事的同時，不停穿插實況說明肉眼看到的所有東西，每次都聽得我快神經錯亂了。她很愛說話，卻很少聽別人說話，而且經常聽錯。把一點聽成七點還不算離譜，甚至連「盡人事，聽天命」也聽錯，一臉訝異地問：「什麼？軍人事？榻榻米？」我甚至懷疑她不是聽力有問題，搞不好是腦袋的問題，總之，她從小就讓我很疲累。

「她說要找媽媽。」耳邊突然想起老公的口頭禪。他也經常問我：「可以嗎？」

律佳還是小嬰兒時，好幾次都哭不停。即使換了尿布也不行，也不喝牛奶，還把寶寶米餅全都吐出來，把玩具也丟開。這種時候，老公經常說「她說要找媽媽」，然後就把律佳塞給我。

我叫他帶律佳去公園時，他連續打了好幾通電話給我。

「小律說她要爬到攀爬架上面，可以嗎？」

「她說要吃冰淇淋，可以嗎？」

老公向來不會自行判斷後採取行動，現在回想起來，他就是膽小。膽小如鼠、膽小怕事，因為判斷總是伴隨著責任。

但是，我很討厭老公的膽小，如果說他就是膽小如鼠、膽小怕事的人，那我就是整天怒火沖天、怒不可遏，我也曾經用「缺乏當事人意識」這句話責罵他。有一次我朋友來家裡玩，還在讀小學的律佳說：「我們家媽媽最兇。」大家都笑翻了。

「很好啊，這樣的家庭才太平。」

那些朋友都這麼說，然後哈哈大笑，但我笑不出來。

老公的守靈夜結束後，律佳也仍然說不停。她任職的醫院的事、前輩很兇的事、她朋友的事、男朋友的事，還有圓滿桌的菜很難吃，以及殯儀館的花很漂亮。她就像是壞掉的收音機般喋喋不休，然後探頭看向棺材說了「難以相信爸爸竟然死了，看起來好像只是睡著了，對不對？媽媽」之類的話，然後又在說話的空檔放聲大哭。結・子・阿・姨一副很瞭解狀況的表情，把手放在我的肩膀上說，律佳是用這種方式消除內心所承受的打擊。

「這麼說可能有點過分，但幸好是爸爸先死。」

律佳當時哭得那麼傷心，沒想到在辦完尾七的那天晚上，她向我坦承了內心的想法。她舔著冰淇淋，抬著雙眼，露出討好的眼神。

她說，如果死的不是爸爸，而是媽媽的話，她現在應該會更加混亂。因為爸爸不會下廚，也不會打掃，錢的事也不是都交給媽媽處理嗎？

幾年前，我爸去世時，我也有完全相同的想法。我媽即使一個人，生活也能夠自理，但我爸完全不會做家事，甚至連筷子放在碗櫃的哪裡也不知道，搞不好連自動提款機也不會用，所以當時我內心也鬆了一口氣。

但是當我回過神時，發現自己大聲斥責律佳：「不可以說這種話。」我不希望她說出口，因為我至今仍然把這種想法深埋在內心，我不希望她把父母的生命放在天秤上衡量的話說出口。

紗英梨和律佳不同，她向來沉默不語，我欣賞她這一點。我放下手機，來到陽台上，她也跟了出來。

我靠在欄杆上，眺望著籠罩在一片藍色之中的街道，周圍的房子亮起了稀疏的燈光，但完全看不到星星，今晚的月亮又細又尖。

「好美。」

我看著站在我身旁的紗英梨側臉說。

是啊，真的很美。紗英梨向我點頭，但並沒有打擾我。

女兒在放聲大哭後，也很快就振作起來，她回到了獨立生活的公寓，重新展開了忙於工作和興趣愛好的生活。雖然我並不希望她一直無法走出悲傷，但還是對好像事不關己地對我說什麼「不要再難過了，也該放下了」這種話的律佳產生了距離感。

雖然同樣是失去了家人，失去「沒有同住的父親」和失去「同住在一個屋簷下的配偶」的感受，當然會不一樣。

我每天都不得不意識到失去老公這件事，每天都體會到「他已經離開了」

這件事。早晨醒來，看到另一半的床、煮的飯剩下時，或是對待洗的衣服太少感到驚訝時，然後才意識到原來老公已經死了。

「紗英梨，妳和草介也曾經一起賞月吧？」

她應該會引起同性的嫉妒吧。老公對紗英梨的外表產生了這樣的想像，但女人在面對完美無缺的美麗時，內心根本不可能有產生「嫉妒」這種感情的餘地。我看到紗英梨的美，只感到驚嘆。

「在人類滅亡後的世界，月亮也很美嗎？」

紗英梨沒有回答，她沉默不語，一臉冷漠的表情沐浴著白色月光。

老公因為喜歡釣魚，所以完全不怕蚯蚓或是紅蟲之類的生物，但看到蟑螂就嚇得魂不附體。他說因為蟑螂爬得很快，所以很噁心，無論是在老舊的旅館，還是為了參加葬禮住在他親戚家的時候，或是以前住在舊公寓時，他每次看到蟑螂都會叫我。

明日實，明日實。他用很沒出息的聲音叫我，無論我在餵奶，或是因為感冒在睡覺，他都照叫不誤。

膽小怕事，在外面很會做人，凡事不求有功，但求無過。這就是我老公。我們從來沒有吵過架，並不是因為感情好，而是每次都是我一個人在生氣，他始終用「好、好」的態度應付我，所以我們從來沒有好好溝通過。

那天也一樣。

那天是星期六，因為我想買「每人限購一件」的砂糖和雞蛋，打算請他陪我一起去超市。我打算買了雞蛋後，星期天早上做他愛吃的法式吐司，晚上做煎蛋捲。

但他一起床就說「我今天要去釣魚」，我感到非常、非常生氣，我罵他為什麼不早說，至少昨天就應該告訴我，他只是縮著腦袋，丟下一句「妳真的變成了一個囉嗦的老太婆了」，然後就出門了。

這就是我們最後的對話，他沒有吃到我的法式吐司和煎蛋捲，我也無法為他說我是囉嗦的老太婆痛罵他一頓。

我懶得下廚，於是就在即溶咖啡中加了牛奶當晚餐。我打開筆電，把馬克杯舉到嘴邊。桌布是綠油油的草原和清澈的藍天，幾個被命名為「N」、「S」之類名字的檔案夾就像斷了線的風箏般浮在天空中。我像往常一樣，打開了

「N」的檔案夾。

這是老公以「我要在家處理帶回來的工作」為由買的筆電，他生前每個星期都會有三天「把工作帶回家」，他說要整理會議紀錄之類的內容，每次都把資料放在一旁，眉頭深鎖地坐在餐桌角落，叭答叭答地敲打鍵盤。

老公使用電腦時，我總是把電視關小聲，或是靜靜地下廚做菜，小心翼翼，避免影響他工作。律佳想要找爸爸說話時，我也都制止她：「爸爸在工作，妳不可以打擾他。」

我完全不瞭解把工作帶回家處理這種感覺，還很佩服地覺得他認真工作、腳踏實地是他的優點。

老公任職的食品加工公司並不大，但在市內也算是小有名氣的企業。尾七結束後，在計畫整理他的遺物時突然想到「他的筆電內或許有什麼工作相關的重要資料」，我還打算如果真的找到什麼資料，就聯絡來參加葬禮的那個後輩，於是就點開了「N」檔案夾。「N」是老公公司名字的第一個字母。

密碼是老公的名字和不是任何人生日的四個數字的組合，他所有的密碼都使用這個組合。

「N」檔案中有文字檔案，檔案都是以「199703」、「199806」的方式命名，我大致計算一下，發現有超過五十個檔案。我隨便挑選了一個檔案打開一看，第一行寫著「一九九七年三月一日——我打算為了或許在很久以後的時代，發現這些內容的人寫下這一切」。

起初我以為是他的日記。原來「N」是代表「日記」（nikki）的意思。一九九七年是得知我懷孕，我們結婚的那一年。看到第二行寫著「紗英梨把水放在我的桌子上，即使在整個世界完全變了樣之後，她的美麗依然沒有改變」，我以為是他的外遇記錄，忍不住從椅子上站了起來。老公在外面有秘密情人？這是他記錄了和情人共度的時光嗎？

但是，繼續看下去之後，漸漸瞭解並不是外遇記錄。

一九九七年，二十三歲的「我」久保田草介在早晨醒來後，發現除了自己以外的所有人都消失不見了。父母也不見了。即使去外面轉了一圈，不要說沒看到鄰居，就連流浪貓和烏鴉也沒看到。報紙也沒有送來，即使打開電視，也只看到一堆雜訊。我完全不知道發生了什麼事，在街頭遊蕩。超市的肉類和蔬菜開始發臭，這時，突然有一個神秘的美女「紗英梨」出現在混亂、茫然的我面前。那篇文章就在這裡結束了。

我帶著絲毫不亞於文章中的「我」的混亂，點開了下一個文字檔，突然變成了我保護著受了傷的紗英梨，和外星人對抗。

在看完充滿了「外星人的身高差不多像是有點矮的大人」這種莫名其妙的表達方式，和「叭嘰、叭嘰，外星人的腦袋被打爆了」這種幼稚描寫的文章之後，我終於理解老公似乎在寫以自己為主角的小說。「N」應該是小說novel的N。

而且，老公不是只寫了一、兩篇而已，最舊的是八年前的檔案，都是以「我的日記」的方式記錄，還有寫到一半的內容。有外星人侵略地球的設定，也有發生核武戰爭，有九成的人類都死了，整個世界變成了荒涼的沙漠，完全被暴力支配，他挺身抵抗的設定，還有他在地球被隕石打中後，有九成的人類滅亡後的世界生存的設定，所有故事的女主角都是「紗英梨」，但有時候也會使用平假名或是片假名。紗英梨在每一個故事中都是聰明伶俐的絕世美女，當「我」抵抗外星人或殭屍受傷時，她也俐落地為「我」包紮，想必她有醫學方面的相關知識。雖然生活在物資缺乏的世界，卻在「我」的生日時，為「我」製作了蛋糕。當「我」為一次又一次戰鬥的日子感到疲憊，深陷苦惱時，她時而溫柔地安慰，時而嚴厲激勵「我」。

雖然對外星人的死法寫得很潦草，但是對於紗英梨的美，尤其是她一頭飄逸長髮的描寫格外細膩。該怎麼說，有一種下筆如有神的感覺。雖然在那樣的環境下，應該很難張羅到潤髮精，但紗英梨一頭筆直的頭髮總是富有光澤。

紗英梨有時候想到失去的幸福，想到家人和朋友，會忍不住流淚，或是無法承受對未來的不安，也會流下像水晶般的淚珠。「我」一次又一次向她發誓，「即使付出生命的代價，也會保護妳」。

紗英梨每次出現，我的心情就無法平靜。紗英梨雖然明顯對「我」有好感，但完全沒有出現兩個人有肉體關係的場景。他們之間時而有淡淡的情愫，時而有明確的戀情，但因為對沒有未來的世界產生絕望而自暴自棄，所以沒有沉溺於肉慾，而是把使命（反抗支配者、抵抗殭屍入侵自己住的地方）放在第一位。

我並沒有產生嫉妒，因為我知道「這個名叫紗英梨的女人是他的夢中情人」。他的夢中情人不會像現實中的老婆一樣兇巴巴地罵人，也不會一頭蓬亂的頭髮，沒有化妝就在家裡走來走去。

我也曾經夢想遇見白馬王子，但那是讀中學的時候。

只不過從某種意義上來說，老公聲稱「有些工作要帶回家完成」，眉頭深鎖，還裝模作樣地把文件放在一旁偽裝，整天寫這些東西的事實，比老公的死對我造成更大的衝擊。

最舊的檔案日期是八年前。不，等一下，八年前？我很想推一下眼鏡仔細確認。雖然我沒有戴眼鏡，但目前的狀況讓人想要推一下眼鏡，所以我要推一下內心的眼鏡。八年前不就是律佳參加的籃球社顧問老師，因為用暴力的方式指導學生，引發了紛爭的時候嗎？我每次和他討論，他都皺著眉頭說：「這是律佳的問題，吃飯時討論這種事，連飯也變難吃了！」我很想大叫，然後用力拍桌子。

律佳讀小學時，和同學之間發生摩擦時，老公也始終保持置身事外的態度。我在乳癌健檢，醫院要求我去複檢時也一樣。雖然複檢的結果沒有任何問題，但是當我幾乎被不安壓垮時，老公竟然說「不要在家裡嘆氣」這種沒良心的話。

我曾經不小心聽到他笑著說，女人結婚、生孩子之後，就會完全變樣了。他不知道和誰打電話時說什麼「整天兇巴巴，一點都不可愛了」。想到律佳為了考高中壓力很大，經常對家人發脾氣時，還有那個時候、那個時候，以及那個時候，老公都一直、一直、一直、一直在寫這種東西，心情就無法平靜。

他可能想當小說家，可能曾經投稿應徵什麼文學獎。我努力尋找他投稿的痕跡，但並沒有找到。

老公平時很少看書，尤其是小說，我從來沒有看過他拿起小說。雖然我也沒有看過很多小說，但至少知道老公寫的故事很拙劣，一眼就可以看出這個設定是模仿哪部動畫，或是受到哪部電影的影響。如果老公真的想當小說家，應該知道這種抄襲別人設定的行為會出問題。

既然這樣，他為什麼要寫這些？我百思不得其解。

隔天，我聯絡了打工的超市，「我發燒了……今天要請假」，裝病請假後，繼續看老公留下的文章。我拉起窗簾，應該說，早上起床後忘了打開，也不吃飯，只有喉嚨快渴死的時候，才幾次走進廚房倒水喝，然後一直看老公寫的那些無趣的文章。眼睛深處疼痛不已，腦袋也開始昏昏沉沉，我直接趴在桌上。

這應該是他真正想要生活的世界，在我進入淺眠前，得出了這個結論。那是另一個世界，現實中的老婆和女兒都不存在。即使在現實生活中，是看到一隻蟑螂也會尖叫的老公，在那個世界，是英勇善戰的英雄，而且也有美女仰慕。他沒有想到會有其他人看這些文章，難怪他有些地方的描寫很粗糙，簡直就是放棄了。

當我醒來時，發現天色已經完全暗了下來，筆電的螢幕也進入了休眠狀態。我摸索著打開燈時，發現有人坐在沙發上。

那個人坐在桌子的斜前方，通往陽台的落地窗前的沙發上，一頭長髮，所以我知道不是律佳。那個人上半身轉向落地窗的方向，所以我看不到她的臉。

妳是誰？當我問話時，發現自己睡得迷迷糊糊，沒有完全清醒，睡眠的殘骸仍然留在手腳和腰上，無法靈活地活動。

坐在沙發上的人緩緩轉頭看著我。

我立刻知道，她就是紗英梨。

苗條的身材、白皙的皮膚，老公用「清純且魅惑」這種矛盾的方式來形容她漂亮的嘴唇上露出的微笑。八成是他在哪裡學到了「魅惑」這兩個字，所以不管三七二十一，硬是想要使用。你腦筋有問題嗎？這種說法簡直可以和「溫熱的冰淇淋」媲美了。雖然我看到這種形容時很不屑，但實際見到紗英梨之後，覺得隱約可以理解。不是用道理，而是用感覺讓我屈服。紗英梨不愧是夢中情人。

「妳是紗英梨吧？」

我問，紗英梨緩緩點頭，對啊。她回答的聲音直接在我腦海中響起，我感到掃興，以為自己發瘋了，紗英梨溫柔地對我說。

不是，妳並沒有發瘋。

我叫紗英梨，真實地存在於妳老公創造的世界中。妳在現實的世界中是草介的妻子，離草介最近，但是在另一個世界，我和草介形影不離。

「我知道。」我的聲音沙啞，「所以我看了之後，覺得非常、非常生氣。」

我想起了在昏睡之前看的內容。「在九成的人類因為可以靠空氣傳染的病毒而變成了殭屍的世界，我是整個大阪市唯一的倖存者」，走在淀川河畔時，遇見了寢屋川市的唯一倖存者紗英梨（她穿著白色無袖洋裝）。存檔日期是五年前的九月。

作品中設定的時代剛好是律佳上小學的那一年，「我」的年紀和老公當時的實際年齡一致。律佳和我都完全沒有出現在老公筆下的世界，這件事讓我深受傷害，只要身體活動，傷口就流出新的血。

我和老公認識時，我們兩個人都二十歲。我在短大畢業後找不到工作，於是就在錄影帶出租店打工。我的朋友和她的男朋友找了各自的朋友一起吃火鍋，在這種了無新意的狀況下，認識了當時還在讀大學的老公，然後開始交往。

二十三歲那一年，我得知自己懷孕了，雙方的父母都對我們「先上車，後補票」的行為感到不悅，但我們還是結了婚。律佳出生後很討人喜歡，也得到了雙方家長的寵愛。

雖然我們的婚姻談不上一帆風順，但我自認為還算愉快。

我經常罵老公，責罵他的沒出息，但我並不恨他，也只有一、兩次產生想要和他離婚的念頭。

但是，老公不一樣。難道和我的婚姻生活這麼痛苦，讓他必須逃進虛構的世界嗎？

我搖搖晃晃從椅子上站起來，走向盥洗室。在洗臉時，睡意漸漸清醒。

我能夠理解妳的心情，紗英梨跟著走過來說。

但我也一樣，我只存在於草介的腦袋中。妳知道這代表什麼嗎？雖然我們共同奮戰，相互激勵，但草介以外的人都不知道我的存在。草介死了之後，照理說我也會消失，任何人都不會看到我。

我是虛構的存在，但是虛構的存在也有生命。

但是，妳看了關於我的內容，所以妳拯救了我，所以我從草介的故事中跳了出來，來這裡和妳相見。

正在用毛巾擦臉的我抬起頭，鏡子中只有我一個人。我轉頭看向身旁，看到紗英梨站在那裡，對我露出淡淡的微笑。

「我拯救了妳？」

我的聲音聽起來很遙遠，好像不是我的聲音。

明日實，我和妳就像是一體兩面的正反面。

妳和我在不同的世界，陪伴在草介的身邊。妳之前是否無法和任何人傾訴失去草介的悲傷？就連女兒也無法理解，更不要說是結．子．阿．姨了，對不對？

只有我能夠理解妳。

紗英梨露出了淡淡的笑容，握著我的手，但我完全感受不到。

明日實，妳不覺得這件事超棒嗎？

我在腦海中撫摸著這些話的輪廓，這件事、超棒。

於是，我開始和紗英梨共同生活。只要我隨時意識到她，她就會持續存在，一旦我忘記了她，她就消失了。

早上起床後，我會最先尋找紗英梨的身影，紗英梨十之八九都在客廳，否則就在陽台上。

「早安。」

早安。

我們互道早安後，開始喝咖啡或是紅茶。只要我不主動說話，紗英梨基本上都不會開口，但有一個可以打招呼的人很不錯。

我去上班時，她也會陪我去。我站在收銀台旁時，她就在旁邊懶洋洋地看著指甲。當客人投訴蔬菜爛掉了，零食的袋子破了，或是找零的態度不好時，她總是一臉氣鼓鼓地站在客人旁，或是走到客人背後，用手指在頭頂兩側比出長角的樣子表示生氣，我每次都必須忍著笑。

晚上的時候，當我看老公寫的故事時，她總是靜靜陪在我身旁。

紗英梨漸漸擺脫了老公筆下夢中情人的形象，慢慢接近我「希望有這樣的朋友」的理想。雖然她沉默寡言，但很調皮，在我沮喪的時候，不會試圖激勵我，也不會要我「向前看」，只是靜靜地坐在我身旁。

但是不知道為什麼，我有時候還是無法心平氣和。紗英梨的所有一切都和我完全不一樣，而且老公竟然為她取「紗英梨」這種名字，而不是「紗英」或是「英梨」。每次看到她夢幻的身影，看到紗英梨無袖洋裝下露出的纖細手臂，我內心就變得粗澀。不是內心起伏，而是變得粗澀，這種粗澀摩擦我的皮膚，留下輕微的傷痕。

發誓「不惜用生命保護」這個女人。這是老公想要的人生嗎？他不想要妻女都覺得他沒出息、不中用，在家裡過著抬不起頭的人生，比起在公司因為連續工作多年受到表揚，比起升上課長，他覺得拿起槍轟掉殭屍的頭，把殭屍叭嘰叭嘰地打得稀里嘩啦更讓他有活著的感覺嗎？

「久保田太太，這裡、這裡。」

我走進休息室休息時，發現負責蔬果區的小野田太太和山根太太也在休息。她們都是五十多歲的資深前輩，看到她們向我招手，我很不甘願地走了過去。放了置物櫃的更衣室有一半鋪了榻榻米，榻榻米上放了一張長桌，她們除了自己帶來的便當以外，還把在熟食區買的義大利麵沙拉和可樂餅，以及雜誌、化妝包都放在桌子上。

「妳有沒有吃飯？」

「有啊，妳看。」

我舉起了從家裡帶來的便當，裡面是兩個麵包捲和一根香蕉，因為我懶得下廚，所以就帶了廚房內現成的食物，小野田太太和山根太太意味深長地互看了一眼。

我小口咬著麵包捲，小野田太太開始說話，一下子說奇怪的客人，接著又聊店長的事，還有某個工讀生弟弟和工讀生妹妹最近眉來眼去，以及小野田太太的爸爸得了膽結石，山根太太的女兒開始減肥。這些事全部、全部都完全不重要，麵包捲在嘴裡變成了黏牙的硬塊，難以下嚥。

我看到翻開的雜誌標題。群聚、自主管理。

在日常生活中比別人更重視健康，在腦內和未知病毒奮戰的老公沒有體會眼前的現實就死了。

「結果我老公……」

我的眼角掃到山根太太說到一半，倒吸了一口氣看著我，她可能覺得不該在老公死了的我面前聊這種事。根本無所謂，因為山根太太的老公又不是我的老公。

「……久保田太太，如果不嫌棄，要不要吃？」

小野田太太把裝了可樂餅的盒子放在我面前。「不用了。」我表示拒絕，但小野田太太不肯罷休，對我說：「妳不吃東西怎麼行？」

我露出求助的眼神張望，尋找紗英梨的身影。紗英梨，紗英梨，她聽到我的叫聲，從我的身後現了身。

明日實，妳告訴她們沒有食欲就好。

「對不起，我沒有食欲。」我聽從了紗英梨的建議回答，她們又互看了一眼。

「久保田太太，妳最好去看一下醫生。」

「是啊，我也覺得。」

「不，我只是沒有食欲，其他完全沒有問題。」

我努力擠出微笑，試圖讓她們放心，但嘴唇只是抽搐了一下。

「不是啦，即使只是去和醫生聊一聊，心情不是就會輕鬆一些嗎？」

小野田太太和山根太太似乎不是因為我的身體，而是覺得我的心理問題該去看一下醫生。如果是這樣，那就完全沒有任何問題，我的心理很健康。

「那至少把這個帶回家。」

她用橡皮筋綁好透明盒子，塞進我的托特包，我懶得再拒絕，於是鞠躬向她道謝。

「大家為什麼都這麼喜歡管我？」

下班後走回家的路上，我問走在身旁的紗英梨，迎面走來一個看起來像上班族的年輕男人一臉錯愕的表情看著我。他看不到紗英梨，所以不能怪他，真可憐，他竟然看不到這個國色天香的美女。

紗英梨露出淡淡的微笑。

明日實，不必去理會別人的事。

沒錯，紗英梨說的完全正確。

烤箱發出了很大的聲音。這個烤箱已經用了超過十五年，至今仍然發出氣勢十足的聲音，簡直就像在上課時用力舉手的學生。

打開烤箱門，放在鋁箔紙上的可樂餅麵衣微微抖動，發出滋滋的聲音，邊緣已經焦黑了。

我打工的超市無論魚、肉還是蔬菜，都是這一帶品項最豐富的，商品的新鮮度也很好，所以很受好評。以前我下班時，都會順便買菜回來，但最近在賣場轉好幾圈，也找不到想吃的食物。蔬果區的草莓發出甜甜的香氣，熟食區也有竹筍或是青豆仁炊飯，但我就是不想伸手拿起來。我沒有心情好好品嚐當令食物。

雖然律佳說，因為她爸爸不會做家事，所以她很慶幸不是媽媽先死，但現在即使不會下廚，也可以去超商或是超市買到好吃的食物，更何況老公很可能在我死後，做家事的功力突然大增。

紗英梨讓我知道，構成老公這個人的，並非只有我所知道的要素。

「我跟妳說，別看他那樣，他在某些地方還是很靈巧。」

我對坐在餐桌旁托腮看著書的紗英梨說。是啊，她立刻回答。紗英梨向來不會否定我的意見。

一包切成十片的吐司烤成了金黃色，雖然有人用「狐狸色」來形容這種顏色，但我看到吐司，從來沒有聯想到狐狸，甚至覺得難道沒有更刺激食欲的形容方式嗎？狐狸不是野獸嗎？紗英梨，妳說對不對？

我把高麗菜絲放在吐司上，再把可樂餅放在最上面。超市有賣袋裝的高麗菜絲，而且只要半價，我加了很多醬汁，然後看著熱熱的可樂餅把高麗菜絲壓扁了。

「我老公很喜歡這樣吃。」

紗英梨聽到我這麼說，起身走來廚房張望，我充滿懷念地回想著，以前假日午餐時，我經常做這個給他吃。

放進盤子後，端去了餐桌。

「開動了。」我合起雙手。

我想起老公的故事中，幾乎沒有吃飯的場景，好像有提到在無人的超市內拿了罐頭來吃之類的情節，但相關描寫很簡單。他是一個對吃很不講究的人。

我咬了一口，立刻痛得皺起了眉頭，我的大拇指指尖裂開了，鮮血滲了出來。我的手只要碰水，就很容易皸裂，所以隨時需要保養，但我想不起來最近有沒有擦護手霜。

紗英梨坐在我對面，一雙大眼睛瞪得大大的，看著我手指上的血，似乎有什麼話想說。紗英梨托著下巴的手背太白了，可以隱約看到藍色的靜脈。她的手很美，完全沒有絲毫的粗糙。

「搞什麼嘛！」

我突然感到怒不可遏，再也無法克制內心的怒火。她為什麼會在這裡？為什麼我只能看到她？她說是我救了她一命，但我為什麼救的是她，而不是老公？

滾燙的淚水流了下來，我用手背擦著眼淚。

「怎麼樣？妳在看什麼？」

紗英梨沒有吭氣。

「妳不用洗碗，也不用洗衣服，也沒有工作，妳的手當然不會變粗糙，不是嗎？妳真好命。」

說完這句話，我的情緒仍然無法平靜，於是又說了一次，妳真好命。我突然想到當年背著還是嬰兒的律佳在廚房時，曾經對在沙發上睡午覺的老公說過同樣的話。

即使挨了我的罵，紗英梨仍然一臉若無其事的樣子看著自己的指甲，修得很短的指尖像櫻貝般可愛動人。

他還活著的時候，是不是該對他好一點？我是說草介。

紗英梨沒有看我，好像對著空氣說話般說了這句話。

我把只吃了一口的可樂餅丟進垃圾桶，我不想再吃了。

死人不會變老，夢中情人也一樣。

我今天又打開了筆電，閱讀老公留下的文章，絞盡腦汁思考他為什麼要寫這些，以及帶著怎樣的心情沉浸在這個世界中，但是越看越找不出頭緒。

因為吃了可樂餅，所以頭髮也都有油耗味，而且感到反胃。

嘩啦嘩啦地沖完澡後，我站在盥洗室的鏡子前，茫然地看著鏡子。這個像骷髏的女人到底是誰？

我伸手摸著臉頰，鏡子中的女人也做了相同的動作。搞什麼，原來是我啊？老公對抗的殭屍應該就長這樣，面如土色，臉頰凹了下去。

我變成了殭屍。

沙沙沙，沙子鑽過了腳趾縫隙。

柏油路面上積著沙子，我低頭看著自己的腳，思忖著光腳走在路上是否有危險。

我似乎進入了老公的世界。紗英梨來到現實的世界，這次變成了相反的狀況嗎？我在腦海角落冷靜地分析。

我穿了一件棕色的衣服，好像是加了醬油的燉菜般顏色很暗，袖口綻了線，衣服上還有好幾個破洞。我並不會感到害怕，老公一定在某個地方，也許可以見到他的期待更勝於害怕，不知道紗英梨是否也和他在一起。

我邁開步伐，費了很大的勁才看出腐爛的招牌上所寫的地方。除了我以外，不見半個人影，放眼望去，破損的大樓像木片般排列在那裡，空無一人的超市玻璃全都被打破了，收銀機也打開了，裡面有許多一萬圓的紙鈔。在這裡，錢根本是廢紙。

空氣帶著土黃色，看不清遠方，空氣中瀰漫著好像混和了灰塵和回鍋油般的味道。

我知道我的肚子在叫，我的肚子叫個不停，就像小動物的叫聲般天真無邪，我已經很久沒有這種飢餓的感覺了。

人影在數公尺前一閃而過，而且不止一個，是老公和紗英梨，我拔腿跑了起來。腳底和沙子摩擦，不覺得痛，反而覺得很熱，每吸一口氣，骯髒的空氣就污染我的肺。

你真的想要生活在這樣的世界嗎？

老公在這個世界很強悍，也很勇敢，不會用很懦弱的聲音叫我「明日實」。爸爸，我叫著他。結婚之後，我一直這麼叫他，因為如果在律佳面前叫他草介，擔心律佳也會模仿，所以就叫他「爸爸」。一旦開始這麼叫，再叫他的名字就感到很害羞，我已經很多年沒有對著老公叫「草介」這個名字了。

紗英梨和老公漸漸走遠，他們並沒有牽手，也沒有依偎在一起，只是身為共同承受殘酷命運的戰士，保持了一定的距離，越走越遠。

帶我一起走，我拚命叫喊。

老公轉過頭，緩緩對我搖頭，袂使，老公用大阪話對我這麼說。照理說，這個世界的老公應該會說「不行」、「不可以」，我忍不住用平時說話的語氣質問他：「為什麼？你在搞什麼？」

恁袂使來。

老公留下這句話，就消失在沙塵中，紗英梨完全沒有回頭看我一眼。

為什麼？為什麼？我當場跪在地上大叫著。熱熱的東西從腹底深處湧了上來，在衝出口的瞬間，變成了哭聲。

律佳出生來到這個世界的瞬間，也這樣放聲大哭。

妳做到了，當時，老公握著我的手說。明日實，妳很了不起。

我全身顫抖，用力擠出聲音，不停地哭泣，幾乎快把喉嚨擠破了，這時，有人用力打我的臉頰。

睜開眼睛，發現律佳探頭看著我，結．子．阿．姨也在她旁邊。為什麼？我正想發問，忍不住皺起了眉頭，因為喉嚨疼痛不已。

「妳剛才在做惡夢。」

律佳對我說，整張臉都扭曲著，我以為她在笑，但似乎是在忍著不哭。

「我傳訊息給妳，妳不讀不回，也不接電話。我擔心妳的狀況，所以回家來看看，發現結子姨婆站在門口，說即使按門鈴，也沒有回應。」

律佳用備用鑰匙打開門進屋時，我趴倒在地上，閉著眼睛哭喊著：「為什麼？為什麼？」所以她就拍打我的臉頰，把我打醒了。

我全身疼痛，因為剛才光著腳走在沙子上，所以腳底特別刺痛，但我低頭一看，發現腳上穿著襪子，也完全沒髒。

「媽媽。」

律佳跪在地上，臉皺成一團。「妳要好好吃飯，好不好？如果連妳也死了，我該怎麼辦？」她哭喊著，抓著我的肩膀用力搖晃。

我戰戰兢兢地伸出手，摸著律佳的頭，也許因為經常染髮的關係，她的頭髮有點乾澀，有點像狗毛。沒錯，她已經失去了父親，我這個母親還打算去遠方。

「對不起，妳一定很害怕。」我撫摸著她的頭，她哭得更大聲了。

「明日實。」

這個女人跪在地上和我說話，我注視著她的臉，仔細打量著她，好像第一次見到她，她剛才叫了我的名字。

「妳要多向我們求助，雖然妳好像在逞強，但不要一個人忍耐。雖然我是妳老公的親戚，和妳沒有任何血緣關係，只是一個妳也不喜歡的女人，但是我失去了就像是兒子般的唯一外甥，妳也失去了唯一的老公，我們只能相互扶持，妳要搞清楚這件事。」

結子阿姨對我說，我的視線無法從她的臉上移開。她說得沒錯，那是我並不喜歡、只是上了年紀的女人的臉，但她的表情顯示她真心為我擔心。

結子阿姨把手放在我的背上，她的手有淡淡的油炸食物味道，律佳身上有甜甜的香氣。真實的女人有體味，也有體溫，觸摸的地方會流汗。

「啊，對了，紗英梨在哪裡？」

我站了起來，在房間內尋找，她從剛才就不見人影。紗英梨、紗英梨，我叫著她的名字，去浴室、臥室和陽台上尋找，但都不見她的身影。

「紗英梨是誰啊？」

「夢中情人。」

「什麼？」

我想要向追上來的律佳說明，但讓她自己看應該比較快，我指著放在餐桌上的筆電說：

「妳自己去看，妳看了就知道了。」

「什麼？這個嗎？」

「去看寫了Ｎ的檔案夾。」

律佳點了資料夾，指著筆電螢幕說：「啊，這不是照片嗎？」螢幕上出現了結婚之前，我和老公在萬博紀念公園的太陽塔前拍的照片，

「哇，你們好年輕。」

律佳歡快地笑了起來，她似乎點開了「Ｓ」的檔案夾。這些日子，我只關心「Ｎ」的檔案夾，從來沒有看過「Ｓ」，原來代表照片（sha-shin）的意思。既然用英文字母表示，不是應該用photo的「Ｐ」嗎？

律佳第一次洗澡、去神社參拜、把斷奶食吐出來的瞬間……一張又一張照

片出現在電腦螢幕上。七五三、托兒所的發表會、小學的入學典禮、中學的畢業典禮，還有我生日時，律佳為我做的蛋糕。

一家人去海邊時的照片上，我正在吃炒麵，雖然我露出了笑臉，眼睛卻是紅色。參加地區運動會吃麵包賽跑時，我的鼻孔撐得很大，因為拍得太醜了，我當時就要求他刪掉，但是死老公竟然都留了下來。

裡面幾乎沒有老公的照片，因為每次都是由他負責拍照。

「啊，這張照片。」

最後一張照片是老公去世的不久之前拍的，就是他買章魚燒漢堡回來的那一天，我和律佳坐在沙發上，拿著章魚燒漢堡，張大嘴巴笑著。他什麼時候偷拍了這張照片？

我已經想不起到底有什麼事這麼好笑，也想不起當時律佳和老公在說什麼，照片中的我的確一點都不漂亮，但幸福得像個傻瓜。

我們站在輕軌的月台上看著路線圖，用食指指著萬博紀念公園站的站名，自從律佳出生之後，我就從來沒去過那裡。

看了舊照片後，律佳提議要去萬博紀念公園。律佳的休假日和我休假的日子不同，而且那一陣子我也無法輕鬆出門，一直等到今天才終於成行。那時候還是櫻花盛開的季節，如今樹木已經染上了紅色或是黃色。

而且結子阿姨也來了，我們三個女人並沒有熱絡地聊天，只是站在月台上等列車進站，就連平時向來很聒噪的律佳，今天也很安靜。

那天之後，紗英梨一次也沒有出現在我面前，不知道她為什麼突然消失了，難道是因為我罵她「妳真好命」，所以她討厭我了嗎？

下了輕軌後，就馬上看到了太陽塔。

走去萬博紀念公園前，必須經過一座大橋。今天的天氣很不錯，有很多帶著小孩子出門的遊客。和律佳小時候相比，現在似乎有更多爸爸推嬰兒車，或是穿著嬰兒背帶，我們三個人排成一行，以免妨礙他們。

一名幼兒哭著說要買商店的飛盤，我聽著孩子的家長在安撫他說，要長大一點才能玩，走過他們身旁，然後又聽到家長說，反正買了你也很快就不玩了。小孩子都這樣，很快就玩膩了，或是很快就弄壞了。

我走在律佳的身後，然後轉過頭，確認我身後的結子阿姨跟上了我們的腳步。

看到草皮和很長的散步道時，我立刻想起來了。老公遠去的背影就像是前一刻看到的景象。

我和老公在第一次見面後就互留了電話，之後通了幾次電話，就莫名其妙約好一起去野餐。這是我們的第一次約會，但完全沒有「第一次約會」這幾個字散發的甜蜜氣氛。因為走路時，他完全不配合我的步調，所以我幾乎一路小跑跟在他身後。

「呃，你可不可以走慢一點？」

我上氣不接下氣地要求，他露出驚訝的表情向我點頭，雖然立刻放慢了腳步，但走了一會兒，他可能忘記了，又恢復了之前的速度。

我試著停下腳步，他竟然沒有發現，一個人繼續往前走，我目送著他的藍白格子襯衫漸漸遠去，覺得這完全是媽媽會買給中學生的兒子穿的襯衫。我記得第一次見面時，他穿得有模有樣，我在調整呼吸時，忍不住納悶地想，那到底是怎麼回事？

已經走到數十公尺前的他突然東張西望，似乎終於發現我沒有跟上他的腳步。

「明日實。」

他把雙手放在嘴邊，做成大聲公的形狀大聲叫了起來，不知道他是否近視，還是沒有注意觀察周圍，或是太慌張，竟然沒有發現愣在後方的我。他跑來跑去叫著「明日實、明日實」，他叫得太大聲了，躺在草皮上的人都驚訝得坐了起來。

他不停地叫著我的名字，實在太丟臉了，我只好跑了過去。他雙手撐在自己的膝蓋上，鬆了一口氣說：「太好了，我還以為妳被壞人抓走了。」

壞人，這兩個字讓我想起了《假面騎士》中的邪惡組織修卡，忍不住笑彎了腰。當我低下頭時，發現他衣服下襬露出了像標籤的東西。

我得知這件像中學生穿的襯衫是新買的，就覺得更加好笑了。想到他為了和我見面，特地去買了新衣服，就突然覺得眼前這個男人很可愛，即使他走路不配合我的步調，即使他穿衣服的品味很奇特都無妨。

後來我才知道，第一次見面時穿的衣服是他同學幫忙挑選的，那件中學生襯衫是他為了和我第一次約會，特地精心挑選的衣服。當我發現他越是精心挑選，品味就越差時，已經愛上了他。

沒錯，我以前覺得他「很可愛」，緩緩走在散步道上時，我深有感慨地回想起這件事。他很遲鈍、有點靠不住，這些在結婚後覺得是他缺點的部分，在戀愛的時候，都曾經覺得「很可愛」。

老公也一樣嗎？既然他說我結婚、生了孩子後就不可愛了，是否代表在結婚之前，曾經覺得我「可愛」？

太陽塔越來越近，正確地說，是我們走向太陽塔，但因為太陽塔很巨大，所以產生了漸漸逼近的錯覺。不知道當年舉行萬國博覽會時，人們是怎麼看這座太陽塔？無論是我第一次來這裡時還是現在，我都看不懂這個高大的建築。

藝術對我們這種普通人來說太難了，但仔細看一下，發現這張臉還滿親切的，當年曾經和我有過這種對話的人已經不在身邊了。

我繞著太陽塔轉了一圈，律佳她們也跟在我身後。走路搖搖晃晃的小孩子看到媽媽吹的泡泡，興奮地發出了歡快的笑聲，律佳也曾經有這樣的時期，但現在已經比我更高了。

淺色的天空高處，有一片像羊群般的雲。

律佳吵著說肚子餓了，口也渴了，於是我們去商店買了炒麵，又在自動販賣機買了可樂。

「早知道應該帶野餐墊來。」

「對啊。」

律佳和結子阿姨攤開手帕，放在屁股下方，我覺得稍微有點髒也沒有問題，就直接在草皮上坐了下來。

我拿著免洗筷，微微點頭說了聲「開動了」。律佳和結子阿姨假裝若無其事地偷瞄著我夾起紅薑的樣子，雖然我發現了，但也假裝沒看到。

當我放進嘴裡後，她們也放心地吃了起來。炒麵裡只放了少許高麗菜碎片，完全看不到肉絲，加了醬汁很鹹，但價格倒是不便宜，只不過在戶外吃炒麵就是特別好吃。如果不是可樂，而是配啤酒，簡直就是絕配。

剛才在玩吹泡泡的母女，坐在離我們不遠處的野餐墊上，每次風一吹來，野餐墊的四個角就翻了起來，那個小孩子瞪大眼睛看著。

風把炒麵吹冷了，麵都黏在一起，我把結塊的炒麵不停地塞進嘴裡，我咀嚼著塞了滿嘴的炒麵，心想著紗英梨應該不會吃這種油膩的食物。

但是我會吃。

回想起來，我一直都是這樣。懷律佳的時候，雖然孕吐很痛苦，但還是努力找吃得下的食物餵飽自己；我還曾經拿起整顆番茄直接吃，也曾經吃果凍。吐了又吃，吃了又吐，然後又繼續吃。

律佳在嬰兒時晚上哭鬧嚴重和整天黏著我的時期，也因為睡眠不足，整天昏昏沉沉，但我當時直接用手抓米飯塞進嘴裡，也曾經把律佳丟在地上的卡士達麵包撿起來吃，因為丟掉太可惜了。律佳哭個不停，怎麼哄都沒效時，我也曾經背著她走進立食烏龍麵店。一個不認識的大叔很受不了地說：「嬰兒在哭啊，妳非現在吃不可嗎？」我覺得他太多管閒事，發自內心感到火大，但是我不想浪費時間回嗆他，繼續低頭吃麵。

我爸陷入昏睡狀態時，我也在他的病榻旁吃超商買的飯糰，乾海苔黏在臉頰內側，費了一番工夫才終於吞下去。即使心情沮喪時，也難以想像不吃不喝，我從什麼時候開始茶飯不思？接獲警方的通知，我去認屍回到家之後，也吃了咖哩。我清楚記得當時比起難過傷心，我更感到恐懼，握緊了湯匙，覺得「接下來有得忙了」，所以我必須堅強。

「我問妳。」

我問身旁的律佳。那天之後，我要求律佳把老公的故事看完，但她說「太費解了」，只看了最新的檔案就放棄了。

「妳對爸爸的那個有什麼看法？」

「我覺得是在抄襲那部電影。」

我記得律佳說的那部電影名字，但我不記得是去電影院看的，還是看了電視，或是租錄影帶回來看。

律佳說，是老公租了ＤＶＤ回家，我們三個人一起看了那部電影。

電影演到一半時，我就去廚房做晚餐，難怪我不知道電影的結局。

「我覺得那部電影很普通，但爸爸看得入了迷，探出身體看得很專心。我當時還說：『爸爸，你真的很喜歡這種殭屍電影。』結果爸爸……」

一陣強風吹來，聽到一陣尖叫，風把那對母女的東西吹走了，那個媽媽按著帽子，另一隻手保護著女兒的後背。

我覺得腳背很涼，才發現放在草皮上的可樂被吹倒了，穿著絲襪的腳背上有一灘冒著白色氣泡的水，我用結子阿姨遞給我的面紙擦拭著，頭頂上傳來老公的聲音。

「小律，這是男人的浪漫，但我絕對不希望妳和媽媽遇到這種事。」

「爸爸當時這麼回答，而且淚水在眼眶中打轉，我覺得他根本有病，所以記得很清楚。」律佳又繼續說了下去，然後把已經吃完炒麵的空盒子收了起來。

恁袂使來。在既像是夢境，又不像是夢境的地方，老公這麼對我說。原來是這個意思嗎？不，不對，那只是我的腦袋一廂情願編出來的情節，不知道老公的真實想法。

唯一確定的是，我無法再見到老公，已經無法向他確認了。

剩下的炒麵已經冷掉了，我放進嘴裡，用力咀嚼後吞了下去。我必須好好吃飯，因為我不是夢中情人，因為我還活著。

又吹來一陣強風，好冷，結子阿姨縮起了脖子，我輕輕靠了過去，律佳也緊緊靠著我。

「好冷。」

「那我們回家吧。」

「好啊。」

雖然我們嘴上說著這些，卻沒有人站起來。白色塑膠袋被風吹上了天空，在高空中左搖右擺。從地面抬頭看，覺得它就像是努力向上、惹人憐愛的小生命。我們緊緊依偎在一起，目不轉睛地看著肉眼無法看到的東西發揮力量的樣子。

用 力 吸 氣，

中學的廁所很昏暗，無論地面和牆壁都沾到了難聞的臭味。妳把手帕咬在嘴裡，洗手時盡可能屏住呼吸，同時低著頭，避免看到前方的鏡子。

妳不喜歡自己的臉。眼睛下方和嘴角明顯的位置都長了痣，鼻子周圍也長了雀斑。雖然妳用劉海遮住，但額頭長了好幾顆青春痘。妳總是忍不住想，為什麼自己臉上長了這麼多亂七八糟的東西？

媽媽和姊姊經常嘲笑妳的長相，還說妳既然長得不好看，就應該用笑容和可愛來彌補，整天愁眉苦臉，就會越來越不可愛。於是妳努力想要擠出笑容，卻還是失敗了。臉頰就像塗了亮光漆般僵硬，結果周圍人更覺得妳很陰沉，妳也越來越討厭自己。

這個依山傍水的小城鎮只有一所小學和一所中學，雖然妳升上了中學，但班上的同學還是和以前一樣。

即使離開廁所，走進教室，妳仍然只是淺淺地呼吸。因為妳覺得這樣可以讓自己的輪廓變得模糊，可以變得像空氣一樣透明。

聚集在窗邊的女生突然放聲大笑起來，她們正在聊昨天電視上的歌唱節目。

妳當然知道她們認為很帥氣的那個樂團的歌曲，但即使看到照片，妳也不知道誰是主唱，也不知道其他人分別演奏什麼樂器。

妳在家無法自由看電視，因為熱愛棒球和相撲的爸爸獨占了電視頻道的決定權。只要家人抗議，爸爸就會大吼說：「這是我買的電視。」

因為家裡只有爸爸一個人工作賺錢，所以妳媽媽每次聽到爸爸這麼說，就只好閉嘴。妳以為是誰在養家？妳知道是誰讓妳去學校讀書？妳住在「家」這個小王國中，不知道這種威脅就是暴力，甚至覺得至少不像某個同學的「家」那樣，爸爸會對家人拳打腳踢，就覺得自己夠幸運了。

聚集在教室後方的男生發出粗暴的叫聲吵鬧著，妳絕對不會看向那個方向。之前不小心和其中一個同學對上眼時，那個同學就罵妳：「看什麼看？醜八怪。」

除了正在討論當紅樂團的那群人以外，教室內還有另一個人數比較少的小團體。妳的朋友正在聊妳沒看過的連續劇。雖然她們是妳的朋友，但妳知道自己無法參與那個話題，所以就沒有走過去找她們。

妳只是繼續用手帕捂著嘴急促呼吸，妳甚至覺得這個世界上找不到任何和自己「聊得來」的同年紀朋友。

在妳生活的小城鎮，並沒有「個性」或是「多元化」這樣的字眼，每個人都必須喜歡大家都喜歡的事物。小城鎮也沒有網路，即使有網路，妳也無法接觸到，因為妳是連電視頻道都無權選擇的王國的子民。

妳慢吞吞地拿出課本，避免和任何人對上眼，下一節課開始上課了。妳的功課不好，說得更明確一點，妳的功課很差。妳總是在上課時分心，因為沒有聽老師上課，所以當然無法理解課本上的內容。正因為無法理解，所以上課時經常發呆。

雖然妳知道這樣下去不行，但妳也無能為力，妳只有國文和英文的成績還不錯，只有在運用文字時，妳才有辦法專心。

放學後，妳獨自回「家」，妳「家」後方就是一座山，從山上流下的溪水匯聚成河，通往大海。過橋的時候，妳都會抬頭看向天空，因為妳不想看到長了很多腳的黑色蟲子在橋下蠕動。

頭頂上的天空很藍，完全看不到一片雲，但妳並不覺得天空很美，也不覺得綠油油的山，或是閃著銀光的大海漂亮，因為妳覺得這些東西把妳困在這裡，哪裡都去不了。

妳確認爸爸還沒有下班回家，媽媽在廚房，於是走進了儲藏室，因為妳沒有自己的房間，裝橘子的木頭箱子就是妳的書桌。

比妳大八歲的姊姊已經離開了「家」，因為姊姊以前有自己的房間，妳很期待姊姊搬出去後，那裡就可以變成妳的房間。

但是，妳並沒有如願，因為爸爸把原本獨居的爺爺接來家裡同住。爺爺的心臟不好，腿也有問題，但腦袋和眼睛都很好，每次看到妳，都會嘮嘮叨叨地說：「趕快動手術把痣除掉。」

妳的爺爺以為調侃別人的外貌是貼心的溝通方式，每次看到妳沒有明顯的反應，就認定妳腦筋不靈光，但妳並不知道這件事，只是靜靜地感到失望，覺得自己果然很醜。

妳用木棒頂住儲藏室的門，悄悄把藏在橘子木箱底的電影雜誌拿了出來，妳必須花費半個月零用錢，才能買這本雜誌。

妳小心翼翼地翻開雜誌，以免不小心折到或是撕破。好萊塢、禮服、手槍、間諜、動作片、羅曼史……妳用指尖撫摸著日常生活中不會接觸到的這些文字，帶著陶醉的心情吐了一口氣，這本雜誌買回來之後，妳已經看了好幾十次。

妳也幾乎把影迷寫信給明星的範例背了下來。

最先寫「Dear」，然後再寫對方的名字，妳之前就知道這種寫信的格式。

雖然上課時，老師說這是代表「親愛的」的意思，但妳查了字典之後，發現還有「可愛」和「心愛」的意思。

妳擔心如果寫信給妳的偶像，似乎有點太自來熟了，因為他根本不認識妳，就稱對方是自己「心愛」的人太奇怪。

妳是在小學的修學旅行時知道了他，那次是兩天一夜去長崎，搭遊覽車前往長崎的途中，大家都必須一起玩文字接龍和傳話遊戲，妳覺得很痛苦。

但回程的路上，司機用遊覽車上的電視播放了錄影帶。那是在電視播出時錄下的外國電影，畫質很差，電視螢幕也很小，班上的同學不是在聊天就是在睡覺，但在電影開始後，妳就被深深吸引。

那是四名少年去森林中尋找屍體的故事，他就是四名少年之一，有一頭金色頭髮，眼珠子是很奇妙的顏色，妳不知道形容這種顏色的文字。

電視中的他看起來有點寂寞，妳不覺得他只是在演這個角色，而是覺得他就是一個寂寞的人。

妳的目光持續追隨著這個寂寞而神秘的英俊少年，不想錯過他的任何小動作。遊覽車離學校越來越近，妳提心吊膽，很擔心看不到電影的結局，但幸好遇到了好幾個紅燈，順利看完結局，妳從片尾字幕得知了他的名字。

起初看到代表「河流」意思的名字，妳感到很奇怪，因為妳曾經看過好幾本外國書籍，但書裡的人都是叫約翰或是安迪之類的名字。

因為他的名字太奇特，讓他更加充滿了神秘色彩。

妳走下遊覽車後慢慢走著，妳覺得動作太激烈，或是和別人聊天，前一刻獲得的記憶和感想就會從耳朵逃走，於是妳的頭部始終保持水平，慢慢地、慢慢地、小心謹慎地走回家裡。

那天之後，妳的世界就改變了。雖然沒有像別人那樣，在戀愛之後，原本黑白的世界變成了彩色這種戲劇性的變化，妳生活中的要素沒有任何變化，但妳發現了遠處的色彩。

妳第一次知道，原來「世界」並不只是目前所在的地方而已，在這片海洋的遠方是陸地，那個英俊的人就生活在那裡。

電影中的風景和妳生活的地方完全不同，他拿在手上的點心、香菸盒也一樣，就連不經意的動作和表情也都完全不一樣，妳第一次觸摸到除了這裡以外，還有更大的世界這個事實的片鱗半爪。

妳花了零用錢買的電影雜誌封面上並不是他。

應該把他的照片放在封面上，妳忍不住懷疑，編輯這本雜誌的人是不是沒眼光？但也同時有一種優越感，認為只有自己瞭解他的魅力，妳並不知道世界各地有很多女孩都有和妳相同的想法。

然後，妳看到了雜誌背面的廣告，原來可以用郵購的方式購買以前上映的電影宣傳單、簡介和海報。

爸爸和媽媽不可能同意妳把海報貼在儲藏室的牆上，簡介的價格有點貴，於是妳決定購買他演出作品的宣傳單，一張只要數十圓，而且宣傳單的大小可以夾在墊板下。

不知道郵購的宣傳單什麼時候會寄來，所以妳每天都緊張地去信箱張望，萬一被爸爸、媽媽發現該怎麼辦的擔心更勝於終於可以收到的期待。

小時候，妳曾經在家人面前說：「等我長大之後，我想當一個寫故事的人。」妳以前喜歡畫畫，當妳學會「畫室」這兩個字時，妳曾經說：「我想要有自己的畫室。」

妳的媽媽和姊姊每次都捧腹大笑，她們認定像妳這種沒有可取之處的孩子，根本不可能從事需要特別才華的職業。

姊姊常常模仿妳說「我想要有自己的畫室」時陶醉的語氣，隨著一次又一次模仿，姊姊的語氣越來越誇張，讓妳感到無地自容。

妳覺得絕對不能讓學校的同學和家人知道妳喜歡他，喜歡電影，以及內心嚮往長大之後，可以從事電影相關的工作。因為在這裡，不可以不喜歡大家都喜歡的事，而且像自己這樣有夢想是一件丟臉的事，所以必須隱瞞。

妳花費了很多心思，終於瞞著媽媽收到了電影宣傳單，一次又一次看著宣傳單上寫的故事梗概，他的照片比妳原本期待的小很多。

妳閉上雙眼，照片中的他動了起來，在遊覽車上看的電影配了音，所以妳不知道他的聲音，只能用想像補充。

根據故事梗概，他演的是彈鋼琴的角色，妳想像著他的手指動作優美地彈著琴鍵的樣子，以及在彈琴時，垂下的長睫毛微微抖動。

不知道壁紙是什麼顏色，不知道地板是什麼材質？不知道那個房間有沒有窗戶？從窗戶照進來的陽光，不知道和日本這裡的陽光有什麼不一樣。
當妳進入想像的世界時，儲藏室的牆壁就從妳的眼前消失了，放在地板上的手也失去了感覺，身體漸漸透明，失去了重力，融化在空氣中。
妳不會介入妳所想像的、他身處的那個世界，妳只是希望自己變得透明，但這和在教室時，妳希望自己變透明的意義不一樣，妳不想影響他的世界一絲一毫。
他在那裡，只要他呼吸，或是他眨眼，周圍的空氣就會微微顫抖。
妳翻開筆記本，試圖用文字和圖像的方式記錄腦海中的影像，但是握著鉛筆完全無法動筆。妳無法描寫他吃飯的樣子和學校上課的景象，因為妳從來沒有看過美國的學校教室長什麼樣，文字和想像都嚴重不足。於是妳很輕易地放棄，認為「因為我沒有才華，所以寫不出來」。
比妳年長八歲的姊姊邀妳去她家玩。姊姊租的房子光線很差，榻榻米和紙拉門都褪了色，但有電視和錄影機，妳覺得那裡就像是令人神往的城堡。
姊姊說要帶妳去她工作的服裝店，她說要買衣服給妳，妳搖了搖頭。那鞋子呢？皮包呢？啊，對了，妳要不要飾品？不需要，妳並不想把自己打扮得漂漂亮亮，妳告訴自己不要有這種想法。在只要用梳子梳一下頭髮，就會被嘲笑「發情」的王國生活的人，這種想法是不必要的累贅。

姊姊在工作賺錢，有了一點收入之後，心情放鬆了，似乎覺得比自己小很多歲的妹妹很可愛，所以想要買禮物送妳。但是妳不知道姊姊的這些想法，很納悶姊姊到底在打什麼壞主意。

姊姊聽到妳回答這個也不要，那個也不要，覺得很無趣，於是就和妳聊她的男朋友。雖然姊姊給妳看了她男朋友的照片，但妳覺得他只是平庸的男人，偷偷嘆著氣想，現實的戀愛真是太無聊了。

姊姊說妳應該多開口說話，還主張只要妳面帶笑容，看起來就會更可愛，也會更吸引男生。

怎麼又聊這些？妳感到很厭煩，在姊姊停頓的空檔，妳戰戰兢兢地說，妳很想看一部電影。

姊姊帶妳去了錄影帶出租店，當妳看到許許多多只有在電影雜誌上看到過片名的錄影帶時，妳興奮得差一點叫起來。妳向姊姊說明，這部電影的內容是這樣，那部電影的內容是那樣，姊姊驚訝不已，問妳怎麼會知道。妳很擔心萬一說實話，姊姊又會笑妳，但是姊姊這一次沒有笑。

姊姊點頭說，電影真的很棒。也許是因為交了男朋友，姊姊變得寬容了，也許是因為離開了「家」的關係，也可能是妳認為平庸的那個男人喜歡看電影。

妳在架子之間來來回回走了好幾趟，終於找到了他演的電影。找到了，在這裡。光是這樣，就讓妳很想感謝神明。雖然妳平時從來不會想到神明，是不是覺得光謝謝姊姊還不足夠？

妳終於在拉起窗簾的房間內看了他的電影，姊姊想把錄影帶前面的預告片快轉，妳抓住了姊姊的手說，希望從頭看到尾。因為電影的預告篇是妳之後發揮想像力的重要材料，妳想要深深烙在視網膜上，不忘記任何細節。

電影一開始的場景和妳的想像不同，但也有一點點相似，妳第一次聽到了他的聲音，光是聽到他的聲音，妳的眼淚就快流下來了。

原來妳喜歡這種類型的男生，妳的姊姊把手肘放在暖爐桌上笑了起來，還問妳是不是想和外國人交往？

姊姊向妳提出忠告，如果理想太高，就會永遠交不到男朋友，妳無法向姊姊說明自己的想法，內心的焦急讓妳更加說不出話。

不是這樣，妳很想這麼告訴姊姊，妳並不是想和他交往，也不是喜歡這種類型的男人。因為在妳想像時，妳自己從來不曾進入他的世界，對妳來說，他代表了遙遠而美麗的世界，是世界的化身。

妳在急促的呼吸中，繼續尋找著話語，試圖向姊姊說明，這比在現實的世界中被異性喜歡具有更重要的意義。

妳對他和他身處的遙遠世界的嚮往與日俱增，妳在圖書室內只挑選他那個國家的小說，因為只有那裡，才能夠接觸到「陌生的世界」。無論是舊書還是新書，妳都看得津津有味，看到妳沒有吃過的食物名字，比方某一頁上出現火雞三明治時，妳就會停下來，思考著他有沒有吃過這種食物。

他在照片上的表情總是帶著一絲憂鬱，所以妳覺得自己認為他是寂寞的人應該八九不離十。

無論是在學校還是其他地方，拍照的人總是要求妳露出笑容。笑一個，笑一個，妳笑起來很可愛，笑容可以讓周圍的人心情也開朗。

但是，照片中的他並沒有笑，他並沒有為了得到別人的愛，為了得到別人的喜歡而擠出笑容。

妳比之前更經常心不在焉，功課越來越差，爸爸罵媽媽：「都是妳的愚笨遺傳給了她。」

妳的記憶所及，爸爸和媽媽的關係一直很差。媽媽說，因為他們是相親結婚，她無法拒絕爸爸。媽媽也經常說：「我很後悔，早知道就不結婚了。」

媽媽似乎認為，如果當時拒絕相親，現在就不會在這裡。妳每次想到媽媽應該也很後悔生下自己這個女兒，就覺得心在痛。這不是比喻，而是心真的會痛。

但媽媽每次看到沒有結婚的人總是說「希望你（妳）趕快找到理想的對象」，然後對已經結婚的人說「祝你們幸福」。

妳對這件事感到不解，媽媽一點都不幸福，為什麼這麼熱心地建議別人建立家庭？妳實在不覺得「家」為媽媽帶來了幸福。

今天教室內也很吵，空氣很稀薄。妳翻開了筆記本，看著墊板，正確地說，是夾在墊板下的電影宣傳單。

妳對他的嚮往越來越強烈，光在儲藏室內看他已經無法感到滿足，妳以為只要偷偷看，不被別人看到就沒問題，沒想到同學眼尖地發現了，指著妳的墊板問：「這是什麼？」

那個同學很漂亮，說話也很大聲，總是吸引眾人的目光。只要她認為「好」的東西，就會得到其他人的支持；她認為「很奇怪」的事物，就成為大家可以看不起的對象，可以嘲笑的對象。這成為教室內的新規則。

在妳讀小學時，她曾經把妳的鞋子藏起來，妳已經忘記了當初她為什麼這麼做，八成是妳做了什麼引起她和她身邊的那些跟班反感的事。

妳找不到鞋子驚慌失措，她們躲在暗處看著妳，笑得很開心。妳發現後，也跟著笑了起來，嘿嘿笑著對她們說：「妳們不要鬧了。」因為妳知道，如果哭出來，或是去告訴老師，她們下次就不會只是把妳的鞋子藏起來而已。

她現在不會再做把別人的鞋子藏起來這種小兒科的事，但她用和當時同樣無辜的表情，拿起了妳的墊板。

她的跟班發現後，紛紛靠了過來，她們圍著妳的書桌，輪流傳閱妳的墊板。

這是什麼？電影？妳認識這個人嗎？我不認識。是喔，我喜歡那個人，那個人也拍了汽車廣告。是喔，我沒辦法接受外國人，我沒辦法接受這種顏色的眼睛。每次聽到她們嘴裡吐出「外國人」這三個字，妳就覺得好像被髒鞋子踩到了。

他遇到這種狀況會怎麼做？妳的呼吸急促，絞盡腦汁思考著。如果他心愛的東西被人踩髒了，他會怎麼做？妳的手心滲出了汗。

他遇到這種狀況時，不會膽怯地低下頭，妳這麼認為，所以抬起原本低下的頭，挺直了身體。

他絕對不會嘿嘿笑著說「不要鬧了」，他不覺得好笑的時候就不會笑。

妳向圍在自己身邊的那些女生伸出了手，妳的手伸得直直的。

「還給我。」妳說話時完全沒有笑。

雖然聲音有點顫抖，但比妳想像中更大聲，讓妳產生了勇氣。

「還給我。」妳靜靜地、鎮定自若地重複了一次，墊板經過幾個人的手，又靜靜地回到了妳的手上。

她們一臉無趣地走開了。

妳用力吐了一口氣，後腦勺有點麻麻的，指尖也幾乎沒有感覺。當用力吐氣後，就會大口吸氣，在教室時向來習慣憋氣的妳，第一次發現這件事。

在別人眼中，這根本是不足掛齒的小事，但對妳來說，當然不是小事而已。

妳將會長大，內心巨大的憧憬將會變成無數細小的碎片散落，妳將在未來前進的路上再次遇見這些碎片。

這些碎片會出現在妳再稍微長大之後，拿在手上的香水瓶中；出現在動物園火雞的羽毛下；會出現在第一次造訪的大城市書店的書架上；也會出現在偶然聽到的鋼琴聲中。

這些碎片會夾在妳手上的護照中，會出現在妳前往的遙遠國度的土地上，在深藍色的天空和地平線上，在乾爽的風中。

在妳有朝一日開始寫自己的故事中，妳的憧憬碎片會隱藏在第一行文字中，在那裡靜靜地、耐心地等待著心愛的妳。所以，妳要像現在這樣抬起頭，深深吸氣，緩緩吐氣。妳一定沒問題。

燈塔

俗話說的「夫妻吵架時，狗都懶得理」的時間又開始了，我托腮架在桌子上這麼想著，看著眼前互瞪的兩個人。

坐在對面右側的茉莉雙手撐著桌子，肩膀起伏著，當她驚訝時，眼睛會瞪得像貓的眼睛一樣圓。茉莉有一雙棕色的大眼睛，此刻淚水在眼眶打轉，宛如強風吹拂的湖面般微微顫動。

坐在左側的幸士把一隻手臂放在椅背上，為了不想正視茉莉的臉，上半身扭向有點不舒服的角度。因為他心情惡劣到極點，所以他的眼皮看起來很重，好像快睡著了。這些桌椅是在宜得利家居買的，雖然我知道這件事並不重要。

我竟然連這種事都知道。

他們兩個人平均每個星期要吵四次，也就是一個月大約吵十六次，吵架的理由都是讓人嗤之以鼻的無聊事。幸士說茉莉做的漢堡排「有改善的空間」；幸士在看 Netflix 的影集時，剛好經過的茉莉爆了雷；幸士對茉莉喜歡的演員很不屑，批評說「完全搞不懂他有什麼好」；茉莉買回家時，說好「我們一起吃」的巧克力，結果被幸士一個人全都吃掉了。實際列舉出這些具體的例子，就發現真的都很無聊。

他們在一年前，出現在我任職的房屋仲介公司櫃檯，他們帶著爽朗的笑容對我說：「好久不見了。」我只能緊張地發出「啊、啊」的聲音。

「高中畢業之後就沒再見過面吧？鳥谷，妳沒有來參加同學會吧？」

當年參加軟式網球社的茉莉和參加籃球社的幸士，無論在校內校外都是出了名的俊男美女情侶，他們始終是矚目的焦點，位於校園階級金字塔的頂端，卻總是一副「校園階級金字塔是什麼？能吃嗎？」的態度，從入學到畢業都一直如此。

他們平等對待每個人，和誰都很談得來，無論對總是在教室角落綽號叫「白眼」的男生，還是以嚴厲出名的生活指導老師，或是我，都一視同仁。

我們讀的那所高中並非都是好學生，只有三成左右的學生會繼續升學，五成左右的學生畢業後就出社會了，其他學生在畢業之前都沒想好接下來要做什麼。

茉莉在化妝品公司擔任銷售員，幸士在汽車修理廠上班，我在父親的朋友介紹下，進了房屋仲介公司任職。斜對面有一家樂器行，樂器行放在門口的擴音器播放的詭異音樂，成為我上班時間的背景音樂。

他們在高中畢業後繼續交往，決定搬離家裡開始同居生活。他們從別人口中得知我在這裡上班，覺得「既然要租房子，那就去朋友上班的房仲那裡租」，於是特地來找我，簡直太令人感動了。茉莉咬耳朵問我：「你們公司是不是有業績壓力？」雖然並沒有這種東西，但他們的貼心讓我感激不盡。

四處看房子期間，他們也吵了好幾次架，十之八九都是茉莉抱怨這個房間光線太差，所以不喜歡，或是那棟公寓的外牆很髒，她不想住在這種地方，幸士起初都會勸她，叫她不要太挑剔，以他們的收入，差不多只能租這種程度的房子，但漸漸變成激烈的爭吵。

在房仲業工作了二十五年的前輩和子姊悄悄告訴我，有些情侶因為租房子爭吵而分手，我很擔心「茉莉他們該不會也因為這個原因分手？」他們雖然一下子哭，一下子生氣，一路吵吵鬧鬧，但最後總算找到了滿意的房子。

「芽久妹，都是託妳的福。」他們兩個人對我說。他們起初叫我鳥谷，後來又叫我芽久美，最後變成了芽久妹。我就像鰤魚一樣，隨著成長階段不同，有各種不同的名字。目前只有他們兩個人叫我「芽久妹」，同住的父母都叫我「姊姊」，自從比我小兩歲的妹妹出生之後，我就變成了在這個家裡名字叫「姊姊」的女人。

他們搬家的幾天後，邀請我去他們家，「我們要在家裡舉辦章魚燒派對，妳也一起來」。他們應該有很多朋友，但只有我一個客人。

茉莉說：「我們一開始就決定只邀妳一個人來，因為這次妳幫我們太多了。」我看著茉莉用好像玩具般顏色和形狀的菜刀和砧板把章魚切成小塊，我覺得這是「感人故事 Part 2」。雖然很感人，但我當然沒有真的感動到哭。幸士也說：「反正離得很近，以後妳可以經常來玩。」然後大方地把發泡酒咕咚咕咚倒進我的杯子，我們暫時享受了溫馨的時光。

章魚燒吃得差不多時，氣氛開始變得微妙起來。電視一直開著，幸士說電視中的一個女明星「很可愛」，茉莉露出生氣的表情，氣氛就有點不太對勁，兩個人瞪著對方，一個說「你每次都這樣」，另一個說「妳哪有資格說我」。我著急起來，慌忙勸他們「好了、好了」，那天就這樣結束了。

幾天之後，他們又邀我去玩，這次一進門，就發現氣氛怪怪的。又過了幾天，又是相同的情況，他們似乎認為我是勸架的最佳人選。

幸士向我坦承「我總覺得可能有一天會對茉莉動粗」，茉莉也淚眼婆娑對我說「我很擔心會說出無法挽回的傷人話，所以很害怕」。

他們雖然整天吵架，但兩個人都擔心相同的事，所以向我求助，希望我能夠在決定性傷害對方的瞬間阻止他們。

「芽久妹，妳有沒在聽？」

聽到尖銳的聲音，我猛然回過神，茉莉正用手背擦拭眼淚瞪著我。

「我不是說了嗎？我和她根本沒事。」

幸士大聲說道，今天的吵架內容和平時不一樣。

原來是茉莉看到有女生傳了訊息給幸士，訊息的內容是「昨天謝謝你的款待」。

幸士昨天說要和公司的男同事一起去喝酒，茉莉質問幸士，是不是說謊騙她？幸士向她解釋，他的同事說要介紹自己的女朋友給幸士認識，於是就打電話約了他女朋友出來，但他的女朋友帶了一個女性朋友一起來。結束時，朋友請幸士送那個女性朋友回家，幸士就送她回家。由於那個女性朋友在半路上說口渴，於是幸士就去便利商店買了寶特瓶裝的茶，那個女生是為了那瓶茶傳訊息說「謝謝款待」，他和那個女生之間完全是清白的。

「你們不是互留了電話嗎？」

「因為她問我，但就只是這樣而已。」

我從剛才開始，相同的對話已經聽了不止一次。

「芽久妹，妳覺得呢？」

「芽久妹，妳倒是說說她啊。」

他們同時說話，我「嗯」了一聲，抱起了雙臂。勸架並不是一件開心的事，茉莉和幸士都不是語彙能力很強的人，所以不必擔心他們破口大罵而讓對方受到傷害，只不過一直看別人傷心落淚或是發脾氣還是會很疲累，只不過我在感到心煩的同時，也有點得意。以前是大家心目中男神和女神的俊男美女，現在這麼依賴我，把我的「好了好了」、「不要激動」這種無害也無益的話當成聖旨般感激不已。

但是，我身為電燈泡，從來不偏袒某一方，始終保持中立。永久中立國。沒錯，我就像是瑞士一樣。瑞士這個國家的名字在日文中，無論正著唸還是反著唸都一樣，都唸成「Su-i-su」，我甚至想放進我的名字，變成鳥谷．瑞士．芽久美。

身為中立國的我每次都只說「好了好了」，因為他們都說，「只要妳在就夠了」，所以我還是少說話為妙。

我從以前開始就是電燈泡，比方說，讀中學的時候，每次情人節，女生想送巧克力給學長時，都會拜託我「我一個人去會很不安，妳陪我一起去」。

也曾經有朋友要去和在交友軟體上認識的網友見面，但覺得很害怕，於是就找我一起去。還有異性朋友說，「我想約喜歡的女生吃飯，但兩個人單獨吃飯對方會警戒，希望妳也一起去」，我也已經很擅長在他們漸入佳境時迅速離開。

「我能夠理解，」岩木對我說，「因為我也和妳一樣。」他縮了縮脖子，但他平時好像就一直縮著脖子，好像將近一百九十公分的身高讓他無所適從。

岩木是我的同事，但並不是房屋仲介公司的同事，而是我在下班後，去打工的那間超商的同事。雖然一方面是因為房屋仲介公司的薪水很低，但也不能完全排除我閒得發慌這個理由。我沒有男朋友，母胎單身，朋友也很少，沒有什麼興趣愛好，所以時間多得發臭。

只要工作，就可以賺錢，有時候還會被人感謝「真是幫了大忙」。

岩木還在讀大學，但比我大三歲，他說二十歲之前找不到想做的事，所以整天無所事事，最後下決心要讀大學。他連續兩年沒日沒夜地工作，存夠了學費，接著又花了一年的時間用功讀書，考上了大學。

經常有上年紀的老主顧對他說，他身強體壯，應該去做粗活，但岩木每次都悠然地笑著說：「我喜歡便利商店，晚上走在路上時，看到便利商店就會鬆一口氣，感覺好像看到了燈塔，是不是很棒？」

岩木很高大，總是讓我聯想到大象，他溫和的眼神和寬厚的笑容，也都符合大象的印象。雖然我年紀比他小，但他和我說話時都很客氣。有些客人看到女店員，就會擺出盛氣凌人的態度，他每次都叫我去後面，由他負責接待，所以和岩木一起當班時，從來沒有發生不愉快的經驗。

我們站在收銀台內，我把茉莉和幸士的事告訴他時，他頻頻點頭說「我懂」、「我懂」。凌晨兩點，店裡沒有一個客人。

「我倒是沒有去勸過架，但是超瞭解這種當電燈泡的感覺。我哥以前喜歡一個女生，她在所謂女性酒吧，也就是那種酒保是女生的酒吧工作，但我哥說他沒有勇氣一個人去，每次都要我陪他去。還有朋友和剛交往的女朋友第一次約會時，擔心『可能聊天會冷場』，也找我一起去。」

「那到底是怎麼回事？」

岩木抓著臉頰笑著說：「應該是因為我屬於人畜無害型的人，因為如果帶很帥的人，或是很風趣幽默的人一起去，人家女生不是很可能會愛上這個人嗎？」

「啊，難怪別人也會找我去。」我恍然大悟，岩木慌忙搖頭說：

「妳不一樣啦。」

我無法問他，到底哪裡不一樣，因為我沒有勇氣確認這件事。

我對自己總是被放在電燈泡的位置上感到厭倦，同時也感到暢快，因為只要身處這個位置，就不會受到傷害，也不會出糗。

「妳鬧夠了沒有！」

幸士踢著椅子站了起來，茉莉抓起桌上的面紙，朝向幸士丟了過去。茉莉雖然總是穿得很漂亮，但對居家用品並不講究，面紙也沒有使用面紙盒之類的東西。紙盒的尖角似乎打中了幸士，他的眼角好像被紅筆畫了一條線般滲著血，他用手背擦著血，咂著嘴走了出去。

「我受夠了。」

茉莉趴在桌子上，肩膀顫抖著。之前無論吵得再兇，也沒有人會轉頭離開，他們之間發生了和之前不一樣的狀況。

我猶豫了一下，把手放在哭泣的茉莉背上，她纖瘦的後背體溫很高，好像小孩子一樣。

「和我以前想的完全不一樣。」

「這樣啊。」

「整天都在吵架，真是受夠了，一點都不開心。」

茉莉趴在桌上搖著頭，訴說著幸士這個人多不體貼，她每說一件事，我都只回答「這樣啊」。她沒有對我說「妳不要說這種話」，因為電燈泡的使命就是讓她一吐為快。

「男人都是王八蛋。」

她突然從幸士擴大到罵所有的「男人」，幸士亂丟垃圾的習慣和茉莉的爸爸一樣，他嘲笑茉莉無知的樣子也和職場的上司一樣。他們都是男人，所以都是王八蛋，這似乎就是她的邏輯。

「這樣啊，原來是王八蛋。」

我點著頭，茫然地想著岩木，岩木像大象一樣，笑起來眼睛就像是鉛筆（但是Ｂ２鉛筆）畫的線，茉莉是否認為岩木也是王八蛋？

全都是王八蛋，茉莉越說越激動，最後甚至說什麼「我想住在一個沒有男人的世界」。我發現廚房的流理台上有好幾個啤酒罐，這才知道可能在我來之前，他們都已經喝了不少。

「只有女人住在一起，熱熱鬧鬧地過日子，是不是很開心？芽久妹，妳不覺得嗎？」

不知道是哭累了，還是有了醉意，茉莉說話的語氣就像是發泡過度的鮮奶油般沉重。

「妳是不是想睡覺？」

「有一點。」

我讓她搭著我的肩膀，帶她走去隔壁的臥室，為她抓開和桌子一樣在宜得利家居買的小型雙人床上的被子。

「妳最好睡一下。」

「嗯。」

茉莉一躺下來，就抓著我的手腕說：「妳不要走。」

「我在這裡。」

我猶豫了一下，撫摸著茉莉的頭，我想起小學生的時候，妹妹也經常在夜晚這樣哭泣。因為妹妹小時候怕打雷，也怕鬼，等到稍微長大之後，不時為和同學吵架，或是向喜歡的男生告白，結果遭到拒絕而哭哭啼啼地鑽進被子。我也像這樣撫摸她的頭，她很快就會睡著。

「芽久妹，妳真溫柔。」

茉莉的眼睛已經快閉上了。

「早知道我不應該和幸士一起生活，和妳住在一起就好了。」

「現在也還來得及啊。」

茉莉聽了，慢慢揚起了嘴角。那是小孩子安心的嘴唇，雖然沒有擦口紅，但帶著淡淡的紅色，如果伸手撫摸，應該很柔軟。

「如果我們一起住，妳每天都會對我這麼溫柔嗎？」

「會啊，也會煮飯給妳吃。」

「太棒了。」

「還會準備飯後的甜點。」

也不會和其他女生互留 LINE，我在心裡說這句話。

如果真的可以過這種生活，那就太好了。茉莉小聲嘀咕著，很快就發出了均勻的鼻息，她的長睫毛在臉頰上留下了陰影。

我向來喜歡可愛和美麗的事物，如果真的一起生活，我會把她視為寶石，會小心謹慎地和她相處，會用柔軟的布包起來，避免留下任何指紋。

即使這樣，茉莉也不會選擇我成為她「共同生活的對象」。

玄關傳來動靜，幸士回來了，他和我四目相對，尷尬地聳了聳肩。

「我讓茉莉睡了，她似乎有點累。」

「不好意思。」

幸士摸了摸人中，然後指了指落地窗，似乎問我要不要去陽台。

我們躡手躡腳地走去陽台。

「芽久妹，真的不好意思。」

「沒關係。」

幸士靠在欄杆上，重重地吐了一口氣。

「之前不會這樣。」

「你是說茉莉？」

「嗯。」

我斜眼看著幸士勻稱的身材，和從小到大，好像從來沒有長過青春痘的光滑皮膚，兩道意志堅強的濃眉下，是一雙眼尾微微上揚的大眼睛。「最近整天都吵架。」他在說話時，直視著我。

「我一直以為是茉莉變了，但也許是我變了，我之前都覺得茉莉的心血來潮和任性很可愛，但是……」

他沒有繼續說下去。

「但是，你覺得累了？」

「是啊，我累了。我想是因為我變了，所以無法再覺得她可愛了。」

幸士用一隻手捂住了臉，我仔細打量著他的手，細長的手指和瘦長手背上的皮膚都很粗糙。那是男人每天拿著工具，摸汽油工作的手，雖然不像寶石，但也美得讓人心動。

「變了嗎？也許是你長大了。」

「芽久妹，妳果然很善解人意，我覺得，」幸士低頭看著自己的腳，「我有時候覺得，如果和像妳這樣懂事的女生交往，不知道有多好。」

「怎麼可能？我根本配不上你。」

我看著手錶，已經快晚上十點了，我回家了。我打開落地窗，幸士並沒有挽留我。

這不是幸士第一次對我說，如果和像我一樣的女生交往，不知道有多好。他可能忘記了，但他之前也說過相同的話，因為並不是發自內心，所以會一說再說，也很快就會忘記。我說配不上他這句話，可以滿足他的自尊心。

茉莉也一樣，她有時候把我當成可以盡情提取溫柔話語的機器——自動提溫柔機。我是為了維持他們的自尊心而存在嗎？他們沒有絲毫的惡意這件事，反而更讓我難過。

我走出他們的公寓，漫無目的地走在街上，就像用剪刀剪開布料，筆直地穿越黑夜。

我已經決定要去哪裡了——那棟燈光明亮的熟悉建築物。我加快了腳步，走向岩木稱之為燈塔的那片令人安心的光明。

我記得岩木的排班表，他今天晚上十點下班。

我站在停車場可以清楚看到後門的位置，靠在柵欄上。

等了一會兒，換好便服的岩木走了出來，他動作緩緩地駝著背，低頭走了起來。

「岩木。」

我以為自己叫得很大聲，但他似乎沒聽到。岩木揮了揮手，但不是向我揮手，而是向剛好從便利商店自動門走出來的女人揮手。

那個女人很高，留著一頭長髮，她和岩木開心地聊著天，但我聽不到他們在聊什麼。是他的女朋友嗎？她在等岩木下班嗎？女人的身體靠在岩木身上。

我背對著他們，逃也似地快步離去。我告訴自己，「我根本不想見岩木」，我不想見他，一點都不想。

有人從背後拍了我一下，我驚訝地轉頭一看，發現岩木站在那裡。

「鳥谷，妳怎麼會在這裡？來買東西嗎？妳今天不是休假嗎？」

我太驚訝了，說不出話。我隔著岩木的身體向後看，發現那個女人還站在便利商店門口。

「剛才的女人……？」

「呃，喔喔，她是我大學的同學。」

「同學？」

便利商店的自動門打開了，男人從裡面走出來，搭在女人的肩膀上，女人開心地向岩木揮手。

「男生也是我們學校的，但他不是我朋友。」

岩木目送著他們離去的背影，小聲地說著。

「我以為是你的女朋友，因為你們看起來很親密。」

「啊，妳看到了？她每次都會這樣故作親密，尤其是和男生在一起的時候，妳瞭解嗎？」

「……我懂。」

電燈泡有時候被用來激發別人的嫉妒心，我比別人更瞭解這件事。

「鳥谷，妳在這裡幹嘛？」

「嗯。」

我知道自己答非所問，但又「嗯」了一次，對我來說，要說出這句話需要很大的勇氣。我用力吸了一口氣，然後吐了出來。

「我來找你聊天。」

岩木緩緩眨著眼睛。「這樣啊，這樣啊。」他點了兩次頭，然後笑了起來，眼睛瞇成了一條線，「真是太開心了。」

真是太開心了。這句六個字的話，抓住了我的脖子，把我丟了出去，把我從「電燈泡」的安全位置，丟到了不知道是哪裡的寬敞地方。

「妳明天要上班嗎？啊，我不是問打工，是房屋仲介那裡。」

「要啊，你要去大學上課嗎？」

「對。」

這樣啊。當然啊。是啊。我們邊聊邊走，雖然只是沿著剛才快步走過來的路走回去，卻覺得是不同的路，也覺得是不同的夜晚。

獨立站在寬敞的地方很不安，也不知道該往哪裡走。

「不過，即使請假也沒關係。」

「沒關係嗎？」

「對。」岩木回答，他的臉在很高的地方，即使我偷瞄他，也完全看不到他臉上的表情。

「岩木。」

雖然我的聲音破了音，但現在沒空為這件事感到丟臉，岩木停下了腳步，我也停了下來，用力抬起頭。

「要不要去哪裡？我明天向公司請假。」

「要去哪裡嗎？」

低頭看著我的岩木似乎樂在其中，又好像有點為難，也好像什麼都沒想。有一團又熱又大的東西湧向喉嚨，我差一點低下頭，但努力不讓自己移開視線。我覺得好像過了很久，我屏住呼吸，等待岩木溫柔地瞇眼睛開口說話。

對岸的叔叔

住在河對岸的叔叔不僅被他的父母兄弟和兒子，以及其他親戚討厭，就連左鄰右舍也都討厭他。說「討厭」或許太嚴重，但他確實不受歡迎，大家總是遠遠地偷瞄他，小聲談論他。

叔叔名叫希男，希奇的男人，發「Ma-re-o」的音。根據從小學到高中就一直是他同學的人說，他會在上課時鬼叫，然後用粉筆在中庭的水泥地上畫一些奇怪的畫，而且都畫得很巨大，把學生休息的地方變成了異世界，有時候會在休息時間跳奇怪的舞蹈（他自稱是「祈禱」）。總之，用來描述他行為的形容詞中都有「奇」這個字，這就是他年輕時的樣子。

高中畢業後，他既沒有升學，也沒有找固定的工作，不時找一些短期打工的工作，然後又很快遭到解僱，其他時間就在老家製作一些離奇古怪的裝置藝術作品。他過了超過二十年這樣的生活，古怪離奇的年輕人變成了古怪離奇的中年人。

這裡是一個小地方，雖然並不是人口嚴重外流的鄉下地方，但人員流動率很低。這裡有在小地方生活所需的一切，適度安靜，只要搭幾站電車，就可以去繁華熱鬧的地方。希男在這個小地方惡名昭彰，也導致他的家人親戚抬不起頭。

這個叔叔和我並沒有血緣關係，他是我太太映見的叔叔，只是這個叔叔和她父親年紀相差了很多歲。我都叫他希男叔叔，但映見和她的父母很少提他的名字，只說「今天『M』那傢伙如何如何」，或是「鄰居又在抱怨『M』了」，好像一叫他的名字，就會有災難發生，所以每次提到他時，都會眉頭深鎖，面色沉痛。

雖然有點離題，但至少我從來不曾把「面色」和「沉痛」放在一起使用過，不知道其他人如何。面色的發音和「麻糬」很像，這麼可愛的字眼和沉重的「沉痛」放在一起，我都忍不住開始擔心了。

「你是不是希男的那個？」

我一邊思考沉痛和面色的組合，一邊把盒裝面紙擺在貨架上。這時聽到背後有人問我。

「是。」

戴口罩時，很難傳達表情，只能努力彎下眼尾，用開朗的聲音說話。我在這家「向日葵居家用品店」當店長，這家店以社區服務為賣點，對客人的態度不要太恭敬，但也不能太隨便。

說話的是一個七十多歲的男人，雖然我不知道他的名字，但記得他的長相。因為他經常來這裡，只要稍微找一下就可以找到的東西，他也總是要求店員帶路，也許他只是想找機會和別人聊天，不管聊什麼都好。

今天他問我鉗子在哪裡。

「請跟我來。」

我走在他前面帶路，這位客人告訴我：「剛才希男在河邊被警察盤問。」

「這樣啊。」

「他只是坐在那裡。」

客人發出呵呵的笑聲。

「可能警察覺得他很可疑。」

我在附和的同時，猜想希男叔叔不可能只是坐在那裡，他應該在「觀察」，為了畫下飄浮在天空中的雲、葉隙光的色調和河面的漣漪。美好的事物、醜陋的事物，急切的事物、輕鬆的事物，希男叔叔總是拿起鉛筆，在素描簿上留下這些事物瞬間的光芒。

我在中學一年級時第一次見到希男叔叔，他當時腋下也夾著素描簿。那天我放學走去補習班的途中，突然被四個其他學校三年級的學生包圍，身上的零用錢差點被他們搜括一空。希男叔叔剛好經過，他猛然衝了過來，我以為他要救我，沒想到他圍著我和那四個人打轉，拿出素描簿畫了起來。這個人是怎麼回事？他想留下勒索現場的證據嗎？用手機拍照不是更簡單嗎？他是法庭畫家嗎？我完全搞不清楚狀況，那四個人也不知所措，即使大聲質問：「大叔，你在幹嘛？」希男叔叔也好像聽不見他們說話。

那四個人掃興地離開後，現場只剩下希男叔叔和我兩個人。

「動物被逼入絕境時實在太美了。」

他出示的素描簿上逼真地畫出了我因為恐懼而扭曲的臉，我感到困惑不已，不知道到底美在哪裡，當時我還不知道希男叔叔的名字，也不知道他是同班同學映見的叔叔。

客人從希男叔叔聊到車站前的派出所，又聊到本市的健康檢查，即使來到放著鉗子的貨架前，他仍然滔滔不絕。有時候可以從這種閒聊中瞭解當地居民的需求，獲得進貨的靈感，所以我都會認真傾聽。

「有這麼多啊。」

客人抬頭看著鉗子，似乎難以選擇，我問他要用來做什麼，他說要做陷阱。

「陷阱……嗎？」

「我要抓海狸鼠。」

海狸鼠，我當然知道有這種動物，但想不起來牠長什麼樣子。把鐵絲彎起來後，再這樣設置。客人向我說明了做陷阱的方法，但在我的想像中，「海狸鼠」變成了儒艮[2]，當我努力想要捕捉在腦海中游來游去的儒艮之際，客人挑選了最便宜的鉗子後，走向收銀台。

「岸部，妳能一下子就想起海狸鼠是什麼樣的動物嗎？」

走進休息室，我問工讀生岸部。

「啊？」她發出驚訝的聲音，嘴角上還有米粒。

「喔，可以啊。」她點了點頭，把手上還剩下四分之一的飯糰塞進嘴裡。

位在店後方的細長空間沒有窗戶，除了員工的置物櫃、辦公桌，讓員工吃午餐的長桌子和鐵管椅以外，還雜亂地堆了一些紙箱。一不小心，放在紙箱上的東西就會掉落，所以我用微蹲的姿勢，小心翼翼地側身走路。原本坐在長桌子正中央的岸部挪了挪位置，為我騰出了空間。

岸部午餐只吃一個飯糰，吃這麼少有辦法填飽肚子嗎？我很想這麼問，但硬是把話吞了下去。以前讀書的時候，不是最討厭聽到別人對自己說這種話嗎？岸部練柔道多年，腰圓膀粗，比我更有力氣，而且做事很勤快。我準備把園藝用的泥土陳列在貨架上時，她有時候會對我說「店長，這裡交給我就好，你去忙其他事」，然後三兩下就搞定了。

即將畢業的她差不多該開始找工作了，如果她離職，真的很傷腦筋，但我不會對她說「妳可不可以一直在這裡工作？」這種話，因為我覺得身為店長，不可以太依賴工讀生。

我以前也和岸部一樣，讀大學時在這裡打工，經過幾年樸實的校園生活，在找工作四處碰壁之際，當時的店長對我說：「如果你離開，我會很傷腦筋。」結果就莫名其妙成為這家店的正式員工。雖然我沒有後悔在這裡工作，但覺得不可以對岸部做同樣的事。

「這附近的河裡也有海狸鼠。」

「喔？是嗎？」

2 形似海牛，體長約一丈，棲息在熱帶的海中。

我很希望可以瞭解這裡所有的大小事，卻完全不知道這件事。我打開便當的同時，單手拿著手機，搜尋「海狸鼠」、「圖片」，出現了好像圓滾滾老鼠般的可愛動物。

「哇，好可愛，長得好像水豚。」

「所以你知道水豚。」

「嗯，我去動物園時看過。」

去年，我和映見去了動物園，只記得映見嚷嚷著「到處都是大便」、「動物離得很遠」、「臭死了」之後，小聲嘀咕「如果有孩子的話，不知道會不會玩得更開心」時的表情。當初我們說「不必急著生孩子」、「以後還是想要孩子」，說著說著，結婚至今已經五年了。

「店長，你的便當是你太太做的嗎？」

岸部看著我的便當。

「不，我太太也在上班，我每天早上都是自己裝便當。」

我之所以沒有說「做便當」，是因為我的便當很簡單，只是昨天晚餐剩下的洋芋燉肉和冷凍食品的燒賣，我並不在意營養均衡或是色彩的問題。映見在外縣市的綜合醫院櫃檯工作，雖然不是每天，但時常要加班，所以我們在結婚前就說好要分擔家事。

我必須在十分鐘內吃完午餐回到賣場，換打工的須賀太太休息。我用筷子大口吃飯時，辦公桌上的電話響了，我正打算站起來，岸部伸手制止了我，側身快步走過去，接起了電話。「向日葵家居用品店，您好……是，喔，是，喔好。」她面無表情地回答後，把電話遞給我說：「店長，佛萊迪．墨袞瑞[3]先生找你。」

「岸部，墨袞瑞已經死了。」

「我知道，但客人說他叫這個名字。」

我在周圍，只有一個人會用這種一聽就知道是假名字的人。

「喂，是希男叔叔嗎？」

「你猜到了嗎？」

當然猜到了，希男叔叔的聲音太有特徵了，不太像人的聲音，更像是金屬的聲音。之前須賀太太曾經接到希男叔叔打來的電話，沒有叫我聽，就直接掛斷

3 Freddie Mercury，英國搖滾樂團「皇后合唱團」的主唱。

了。那次之後，希男叔叔就開始用假名字，但我猜想別人一聽聲音就知道是他。

「你送油漆來我家！明天！一定要明天，後天就不行，知道了嗎？」

希男叔叔大聲叫著油漆的編號，突然掛上了電話。

映見傳了訊息給我，「今天沒力氣煮飯了」，還附上一個癱倒在地的兔子貼圖。我回覆說「知道了，我買便當回家」，然後就離開了店。

我和映見都不喜歡下廚，對味道和食材也不會特別講究，懶得煮晚餐時，就會去超市買熟食，或是吃便當解決。

我和映見是中學同學，我讀的那所小學學生不多，一個班級只有二十幾個學生，但上了中學後，班上同學的人數一下子增加，每個班級有四十五個人，映見讀的是河對岸學區的小學。

班上的男生和女生比例大致各半，在「本班女生排行榜」中，映見排名第十六。雖然不知道是誰寫的，寫在一張活頁紙上，輪流傳到每個人手上。

也有男生的排行榜，我只知道棒球社的玉城以壓倒性優勢獲得了第一名，但我並沒有去看自己的名次，所以至今仍然不得而知，但我猜想自己在後段班。

回到家時，映見把手肘架在餐桌上，正在喝像是茶飲的飲料。因為我並沒有興趣特地探頭去看馬克杯裡到底是什麼飲料，所以只能說「像是茶飲」。

映見看著我買回來的南蠻雞便當，面有難色地說：「哇，竟然買熱量這麼高的……」但她並沒有說不吃。

她一邊吃便當，一邊露出像資深刑警般銳利的眼神看著我的腳下。

「你為什麼買油漆回家？」

「喔，這是希男叔叔要我買的，明天我休假，剛好可以送去給他。」

「他又差遣你？阿史，你為什麼對那種人服務這麼周到？」

映見生氣地放下免洗筷。

「沒辦法啊，因為我們店禁止他進入。」

映見每次只要說起因為「那種人」是自己的叔叔，至今為止讓她多麼丟臉，多麼抬不起頭，都會滔滔不絕。我隨聲附和，充分享受著咀嚼南蠻雞後吞嚥的行為，這個世界上沒有任何東西可以取代糖醋和塔塔醬的完美搭配。

自從去年在「向日葵家居用品店」的店內發生「芬達四濺事件」後，希男叔叔就成為本店不受歡迎人物。我也不希望禁止他踏進我們店，但為了安撫被害人須賀太太的怒氣，只能使用這個方法。

我向他保證，他製作裝置藝術需要的材料或是鉛筆之類的，我都會買好為他送貨到府，他說了一句「被人僱用的店長真辛苦！那就這樣吧！」就點頭答應了。他這個人雖然古怪，但並不是無法溝通的人。

須賀太太和希男叔叔是中學同學，與我和映見一樣，只不過他們的關係很差，其實是須賀太太單方面討厭希男叔叔，說他是「怪胎，很噁心」，而且須賀太太似乎覺得「我公公是町內會長」這件事是免死金牌，開口閉口就說「我公公這麼說」或是「不知道我公公怎麼想」。這幾年，希男叔叔正在自家院子製作巨塔的裝置藝術，町內會長似乎認為這座塔「影響社區美觀」，對此感到很生氣。

對岸的房子沒有圍牆，也沒有大門，巨塔的裝置藝術就放在面向馬路的大院子內，的確很影響社區的美觀，而且因為體積太大，第一次經過那裡的人不會發現院子後方還有房子，甚至有人「以為是廣場」，所以就誤闖了進去。

町內會長每次上門交涉表達不滿，希男叔叔就破口大罵，把他轟走。町內會長逢人就說這件事，結果大家就更討厭希男叔叔了。

「你有沒有在聽我說話？我跟你說，那個人是大林家的寄生蟲，他的存在就是詛咒。」

映見很生氣，所以我坐直了身體表示「我在洗耳恭聽」。

希男叔叔成年後，仍然向自己的父母伸手要零用錢，在他的父母死後，就向哥哥，也就是映見的父親拿零用錢。映見至今仍然對小時候的壓歲錢被希男叔叔拿走，說什麼「妳要投資藝術」，以及說什麼他要用來作為「作品的材料」，把她喜歡的餐具敲得粉碎這件事耿耿於懷。結婚之後，我聽她說了超過三十次。

以前在老家和「M」生活在同一個屋簷下時真的很痛苦。映見說到一半，上半身癱在桌子上，她說累了嗎？

「但是現在很平靜，和你結婚之後，我很幸福。」

「我也很幸福。」

「啊，我好想就這樣直接睡覺。」

「這怎麼行？妳要去洗澡。」

我把她推進了浴室，不一會兒，傳來了淋浴的水聲和她哼歌的聲音。我就知道，雖然洗澡很麻煩，但洗了之後，就知道很舒服。

映見的爺爺建造了河對岸的房子，我岳父在那棟房子出生，接著又生下了希男叔叔，岳父結婚後生下了映見。

映見和我結婚後，映見的父母把那棟房子讓給了希男叔叔，自己買了舊公寓。「寄人籬下」多年的希男叔叔目前獨自住在那棟房子，岳父雖然叫他「M」，但其實對他很好。也許因為是相差很多歲的弟弟，嘴上說歸說，但還是很愛他。

隔天我去希男叔叔家時，發現他在院子鋸東西，他脫下了連身工作服的上半身，用袖子繫在腰上。他明明是那種死也不會去健身房的人，但隔著沾滿了油漆，有很多破洞的T恤，也可以看到他厚實的胸膛，難道是他偶爾去打零工做粗活的關係嗎？還是藝術活動很需要肌力？我無論怎麼狂做重訓練肌肉，胸板仍然像鱈魚起司條的鱈魚部分那麼薄。

好幾條像毛線一樣的東西複雜地纏繞在彎彎曲曲的鐵棍上，不時分叉，朝向天空伸展。希男叔叔製作的塔既像是一棵樹，也像是未知的生命體，全長大約有三公尺左右，塔的分枝上有豬、大象、狗等動物，有的懶洋洋地掛在分枝上，有的四肢抓得很緊。當他告訴我，這是被方舟拋下的動物沿著塔爬向天空時，我回答說：「喔，原來是這樣啊。」但認真思考之後，完全無法理解其中的意思，這到底是什麼狀況？

「我把油漆送過來了。」

我對他說，但他完全沒有反應，希男叔叔踩著木板，專心一志地鋸著。他每次都這樣，我走過他身邊，坐在院子角落的長椅上等他注意到我來了。這張長椅也是他自己動手做的，椅面向下傾斜三十度左右，如果雙腳不用力踩在地上，就會從椅子上滑落。

我雙腳用力踩地，喝著自己帶來的綠茶，冷泡綠茶在陽光下呈現深綠色，看起來像初夏的森林，我搖了搖透明的瓶子，原本積在底部的茶葉碎片在瓶子內螺旋狀舞動。映見不喝綠茶，她總是說「身體容易虛冷，所以不太好」，而且每次都會接著用我可以聽到，但又不會聽得太清楚的聲音說「聽說身體虛冷會導致不容易受孕」。

「阿史，你什麼時候來的？」

希男叔叔的聲音聽起來不像驚訝，更像是金屬聲。

「我來很久了。」

「是嗎？」

「動物變多了。」

我指著裝置藝術，希男叔叔雙手扠腰，上半身向後仰。

「沒有海狸鼠。」

「因為我沒見過。」

「聽說那條河裡有。」

「好像是。」

但希男叔叔說，他從來沒遇見過。

「如果你看到，記得通知我。」

「好。」我回答後，看向院子後方的房子。掛著「大林」門牌的灰黃色牆壁、灰色的瓦屋頂，明明是很普通的日式房子，但從這個院子看過去，會覺得那棟房子很奇怪，讓人感到很不可思議。太不可思議了，我歪著頭感到納悶，玄關的門突然打開了。

「啊，你好。」

打開門走出來的人對著我微微動了一下腦袋，搞不好是在向我點頭打招呼，只是我完全看不出來。

「你好。」

我在打招呼時才恍然大悟。「原來不是為了油漆找我來，他才是真正的理由。」

雖然他的年紀只有我的一半，但個子比我還高，我不由得感到驚訝，默默抬頭看著走在我身旁的伸樹。難道取了什麼名字，就會長成什麼樣嗎？希男叔叔也是因為被取了希奇的男人這個名字，才會變成現在這樣嗎？

伸樹目前讀高一，所以可能會繼續長高，至少希男叔叔這麼認為。他塞了一張一千圓紙鈔給我，對我說：「你帶他去吃飯，這個年紀的小孩食欲旺盛。」雖然他說了其他大人常說的話，只是他說得很生硬，他每次想要做出像父親的樣子，就會渾身不自在。

伸樹是希男叔叔的兒子，平時和母親鈴子住在一起。鈴子開了酒吧、美甲沙龍和髮廊，是這裡小有名氣的生意人。不知道吃錯了什麼藥，曾經和希男叔叔談了一場短暫的戀愛，獨自生下了伸樹。當初他們沒有結婚，是因為鈴子判斷希男叔叔「不適合當丈夫，也不適合當父親」，獨自把孩子養大更輕鬆，她不愧是生意人，聰明又乾脆。

雖然他們並沒有失和，但鈴子很少來找希男叔叔，可能是生意太忙了，但有時候會叫伸樹來看希男叔叔。伸樹稱希男叔叔「搞不懂他在想什麼的人」，父子也很少聊天。希男叔叔也避著伸樹，不知道怎麼和伸樹相處，他遇到任何人都我行我素，目中無人，面對親生兒子就手足無措，每次都會找我來。

過橋之前，伸樹回頭看了一眼，嘀咕著「他的午餐……」但很快就閉了嘴。在走到橋的另一端之前，都探頭向橋下張望。我也跟著伸長了脖子，只看到河水在流。我無法忍受沉默，差一點說「下面是河」，但覺得太蠢了，硬是把話吞了下來。

話說回來，只給我一千圓，我攤開手掌，嘆了一口氣。一千圓就能餵飽「胃口旺盛」的人嗎？他還真是莫名其妙。

「要不要去那家？」

我指向幾公尺前方的橘色招牌，那裡以前是「益野大眾食堂」，但幾年前換了老闆，把原本的食堂改裝成有點時尚的咖啡店，菜單上也出現了「夏威夷漢堡飯」和「塔可飯」之類的西式餐點。我記得之前和映見一起去吃的時候，覺得雖然好吃，但分量太大了。伸樹「啊」了一聲，停頓了五秒後點了點頭說：「喔。」

走進店內，我問他「要不要坐窗邊的座位？」時，或是繫著和招牌相同顏色圍裙的店員向我們說明「今天的午餐特餐是玉米片炸雞和沙拉」時，他都回答「喔」，根本是句點王，完全聊不下去。

「呃，伸樹，我記得你參加了棒球社。」

店員把水杯放在桌上時太用力，水都從杯子裡灑了出來。我用紙巾擦著桌子上的水問道，伸樹的眉毛抖了一下。無論問他什麼，都幾乎沒有任何改變的表情第一次有了變化。

「啊，我退社了。棒球。」

「……這樣啊。」

我們又沒話可聊了。

「所以你平時在家都做什麼？看漫畫嗎？不知道最近的高中生都看什麼漫畫。」

「啊，我……不看漫畫。」

他說不太知道看漫畫的方法，雖然我知道有這種人，但還是第一次遇到。我告訴他，要從左看到右，他也歪著頭，似乎不太能理解。我不行了，我話題的抽屜已經空了，我有點不知所措，但伸樹對我們終於沒話可聊鬆了一口氣。難道他覺得勉強和不熟的對象聊一些無聊的話題，還不如沉默更輕鬆？

既然這樣，那我也保持安靜，我靠在椅背上悄悄觀察他。他輪廓很深的五官既不像希男叔叔，也不像鈴子，硬要說他像誰的話，很像我的同學玉城，就是男生帥度排行榜上位居榜首的玉城。

映見也很迷玉城，經常為在教室和玉城對上眼，和其他女生一起尖叫。

在遠足時或是運動會時，映見經常把數位相機交給我，要求我「幫忙拍玉城的照片」。她說自己去拍很害羞，玉城很習慣別人的這種要求，總是說「好啊」，然後擺出拍照的姿勢。

我在各種活動中為玉城拍照後發現，玉城拍照時有自己中意的角度，他討厭別人不打招呼就為他拍照，也許他平時都在鏡子前研究自己最帥的角度。雖然每張照片中的玉城都是一號表情，但映見每次都歡天喜地歡呼「好帥喔」。

玉城在情人節時收到很多巧克力，他不喜歡吃甜食，所以就分給其他男生吃。

「阿史，你也來吃啊。」

他也叫了並不是他朋友的我一起吃，他的課桌上有一個粉紅色的小盒子，上面的卡片寫著「玉城同學，這是我用心做的，請你吃看看。大林映見」。

「這不是別人送你的嗎？」我想把巧克力還給他，他笑著說：「我對同年級的女生沒興趣，而且自己做的也很噁心。」

咚，走廊上傳來一個聲音，大家都看向那個方向，那是映見的書包掉在地上發出的聲音。映見臉色發白，步步後退，最後跑走了。玉城和其他男生說著

「啊」、「這下子慘了」，紛紛笑了起來。

我跑去追映見，一隻手拿著巧克力，另一隻手拿著她掉在地上的書包。映見蹲在鞋櫃前，她的肩膀顫抖，好像在哭，她發現了我，和我手上的東西，低下了頭。

「你幫我丟掉。」

「太浪費了，而且我肚子餓了，可以給我吃嗎？」

雖然她沒有回答，但我把小盒子裡的餅乾放進了嘴巴，咬下去的感覺讓我忍不住懷疑，那到底是巧克力餅乾，還是岩石？在舌尖上擴散的苦味並非來自可可粉，顯然是表面烤焦的關係。口腔內的水分都被吸走，舌頭就像撒哈拉沙漠的沙子般乾澀，但我覺得必須把餅乾吃光，所以一塊接著一塊往嘴裡塞。映見突然抬起頭，一看到我的臉，就噗哧一聲笑了出來，「你的嘴巴也塞得太滿了。」當我看到她在說話時滑落的透明淚珠時，明確覺得「玉城是笨蛋」，他竟然錯過了如此美好的瞬間，簡直是頭號大笨蛋。

我的午餐特餐和伸樹的夏威夷漢堡排飯送了上來。伸樹合起雙手，小聲嘀咕著：「啊，呃，那我就、開動了。」我「嗯、嗯」地點頭。伸樹是個好孩子，我常常覺得會說「我開動了」、「謝謝款待」的孩子都是好孩子。
雖然他的外形像玉城，但並不是頭號大笨蛋。他個子很高，而且個性很好，未來的路上完全沒有任何障礙，他未來的人生一定光明燦爛，只要走在路上，機會之門就會自動為他打開。
「嗯，吃吧，開動了。」
我也合起雙手時，掛在門上的鈴鐺大聲響了起來，幾名短髮的男學生有說有笑地走了進來，這幾個學生都曬得很黑，身材也都很結實。
「咦？伸樹也在。」
「真的欸。」
「喂，伸樹。」
他們站在遠處向伸樹打招呼，不知道是否因為我的關係，他們沒有走過來。伸樹向他們輕輕點了點頭，那幾個人立刻交換了眼神，似乎稍微笑了笑，然後又大聲聊著天，去後方的座位坐了下來。
他們是你的朋友？我原本想問伸樹，但最後沒有問出口。因為我發現伸樹拿著湯匙的手微微顫抖著。

伸樹開始加快速度把料理塞進嘴裡，坐在後方桌子旁的那幾個男生在聊天時頻頻看了過來。

我們走吧？我小聲對他說，他搖了搖頭說，不吃太浪費了。我可以感受到他「想要早一秒離開這裡」，我也趕快吃了起來。

雖然我完全不知道他們和伸樹之間曾經發生過什麼，但我對一票男生在一起會讓人多頭痛這件事略知一二，他們一旦認為某個人「不是自己的朋友」，就會毫不留情地嘲笑那個人。他們藉由這種嘲笑，加強他們之間的向心力，他們隨時提防自己成為遭到嘲笑的對象，睜大眼睛尋找機會嘲笑別人。

走出那家店，我對伸樹說：「要不要走另一條路回家？」伸樹默默跟在我身後。我走去河邊的散步道。

河堤上完全沒有任何擋住視野的東西，可以看到對岸希男叔叔那座塔的頂端，光是頂端就已經破壞了周圍的景觀，難怪町內會長會向他抗議。

「啊。」

伸樹叫了一聲，指著河的方向說：

「海狸鼠。」

「不會吧?在哪裡?」

傳聞中的海狸鼠終於現身了,而且數量很多,不禁納悶為什麼之前從來沒有遇過。我只數到三隻,但牠們的動作太敏捷了,我放棄繼續數下去。牠們無聲地游著,不一會兒又潛入水中不見蹤影,過了一會兒露出水面時,雙手(不,應該是前腳?)抱了很多水草。

果然很可愛,是不是因為牠們的動作像老鼠一樣敏捷,所以才會叫海狸鼠?不,怎麼可能有這種事?伸樹的腦袋也跟著海狸鼠的動作左搖右晃起來。我覺得很有趣,忍不住偷偷觀察他,但很快就被海狸鼠吸引了,牠們游泳時怎麼可以這麼安靜?牠們的雙手(前腳?)怎麼可以這麼靈活?

「雖然牠們很可愛,但其實是害獸。」

「駭、瘦。」他生硬地重複了這兩個字的發音,可能不瞭解意思。

「就是會帶來危害的野獸,像是損壞農作物,或是攻擊人類。」

伸樹驚訝得瞪大了眼睛。

「不,海狸鼠倒是不會攻擊人類,但會吃大量水草和河裡的貝類,會破壞生態。我也是昨天查了之後才知道。」

「……所以要消滅牠們嗎？」

「是啊，應該會。」

伸樹似乎很喜歡海狸鼠，繼續走向河岸，因為很危險，所以我拉著他的袖子說：「坐在這裡吧。」然後在河岸坐了下來。

我傳訊息給希男叔叔，告訴他「海狸鼠出現了」。不一會兒，就看到他出現在河堤上，他以驚人的速度衝上斜坡，伸長脖子觀察著海狸鼠，接著翻開素描簿，用鉛筆畫了起來。

「他在幹嘛？」

「我想是在寫生，他應該想把海狸鼠加在裝置藝術上。」

「拍照就好了啊。」

希男叔叔之前曾經說，一旦拍照，不是會覺得已經看得很充分了嗎？所以不可以拍照。

「我之前就覺得他很像法庭畫家。」

伸樹似乎不知道什麼是「法庭畫家」，他納悶地歪著頭，但似乎決定不追問。他用下巴指著對岸的希男叔叔說：

「像他這麼自由，人生應該很輕鬆吧？」

「那倒未必。」

芬達四濺事件的記憶浮現在眼前。

那是因為希男叔叔去店裡時，須賀太太找他的麻煩所引發的事件。我當時並不在場，聽岸部說，須賀太太看到希男叔叔走進店裡後，就一直對他嚷嚷：「你已經老大不小了，還整天玩什麼藝術，你腦筋有問題嗎？你根本只是無業遊民，也該認清現實了。」希男叔叔默默聽她說了幾句，但突然用力搖晃手上的芬達葡萄汽水，然後噴向須賀太太。溢出的氣泡導致周圍變成一片紫色，而且還濺到了後方貨架上的商品，商品都變得黏黏的，花了很大的力氣才終於清理乾淨。

希男叔叔的行為當然不對，那根本是孩子氣的情緒失控。雖然不對，但我覺得也沒有錯，因為我認為他只能用這種方式生活。

「也許看起來自由的人，並不像周圍人以為的那麼自由。」

伸樹的目光繼續追隨著海狸鼠，最後嘆了一口氣，他的嘆息很沉重，就像丟在河面的小石頭，很快會沉下去。

「……剛才那幾個人是棒球社的學長。」

棒球社有兩個女生擔任經理，他們都在背後叫她們「可愛的和不可愛的」。

「我看到大家笑著說這種話感到很討厭，但如果不跟著一起笑，又會被當作是搞不清楚狀況的人，又很討厭。反正都很討厭，我就乾脆退社了。」

真的很討厭，現在仍然很討厭，伸樹又重複說了一次。我看著他的側臉，只能輕聲嘀咕「這樣啊」。

「我退社的時候，他們也一直問我為什麼、為什麼。我就實話實說了，結果他們就問我是不是喜歡那個女生，有辦法和她上床嗎？我搞不懂他們為什麼任何事都要扯到戀愛，所以……」

「這樣啊，嗯，這樣啊。」

我點著頭，暗自感到羞愧，為以前的自己感到羞愧。應該撕掉那張寫了女生排行榜的活頁紙，必須生氣地告訴其他人「不要用外貌為別人排名」。那個教室中應該有人做這件事，應該有某個人挺身而出，比方說，我就可以成為那個人。

我只能點頭，看著伸樹放在草上的手用力握緊了拳頭。無論是像我這樣不起眼的人，像希男叔叔那種奇特的人，或是像伸樹那樣的男生，任何人都不可能活得很輕鬆，也無法過得很自由，我剛才卻差一點這麼想，認定他的人生沒有任何障礙。

我遲遲無法走出名為羞愧的水窪，這時，伸樹抓住我的手臂用力搖晃起來。我驚訝地抬起頭，看到町內會長正在對岸和希男叔叔說話，不，這並不是說話這麼平靜，而是大吼大叫，幾乎快撲上去了。

町內會長可能又要為裝置藝術的事指責他了，但希男叔叔不甘示弱地反駁著，雖然可以勉強聽到聲音，但聽不清楚他們在說什麼。

「他們好像在爭吵。」

「在爭吵。」

町內會長抓住希男叔叔的手臂，我忍不住倒吸了一口氣，伸樹也一樣，但希男叔叔甩開他的手衝了出去。

「啊，他逃走了。」

「逃走了。」

希男叔叔年紀已經不輕了，但他跑得飛快，轉眼之間，就跑得很遠了。町內會長拚命追，伸樹站了起來，我也站起身，追著對岸的他們跑了起來。踩在雜草上很容易打滑，跑起來很費力，跑了不到十公尺，就上氣不接下氣，側腹好像被尖棒子頂住般疼痛。希男叔叔和町內會長之間的距離越來越大，我勉強超越了對岸的町內會長，但根本追不上希男叔叔和伸樹。前方隨風飄來「哈哈」的聲音，伸樹今天第一次發出了笑聲。

「爸爸！」

伸樹大聲叫著，希男叔叔看著伸樹。

「快逃！」

希男叔叔的身影越來越小，看不清楚他聽到兒子的聲援露出怎樣的表情，但是，我看到他高舉起雙手回應。

我按著側腹，用力喘著氣，目送著在河的兩岸持續奔跑的希男叔叔和伸樹的背影，回頭看向後方，發現町內會長在對岸低著頭，懊惱地拍著自己的大腿。

希男叔叔，快逃，伸樹也快跑。我用盡剩下的力氣大叫著。跑去別人追不到的地方。希男叔叔沒有停下腳步，伸樹也沒有停下腳步，漸漸地，他們好像已經不是在逃，只是一個勁地繼續奔跑，好像跑才是他們的目的，我持續大聲為他們聲援。

國家圖書館出版品預行編目資料

如果無法搭乘時光機 / 寺地春奈 著；王蘊潔 譯
--初版.--臺北市：皇冠, 2023.05
面；公分. --（皇冠叢書；第5089種）（大賞；146）
譯自：タイムマシンに乗れないぼくたち

ISBN 978-957-33-4015-7（平裝）

861.57　　112004956

皇冠叢書第5089種
大賞｜146

如果無法搭乘時光機

タイムマシンに乗れないぼくたち

TIME MACHINE NI NORENAI BOKUTACHI by TERACHI Haruna
Copyright © 2022 TERACHI Haruna
All rights reserved.
Original Japanese edition published by Bungeishunju Ltd., in 2022.
Chinese (in complex character only) translation rights in Taiwan reserved by Crown Publishing Company, Ltd. under the license granted by TERACHI Haruna, Japan arranged with Bungeishunju Ltd., Japan through Haii AS International Co., Ltd., Taiwan.

作　　者—寺地春奈
譯　　者—王蘊潔
發 行 人—平　雲
出版發行—皇冠文化出版有限公司
台北市敦化北路120巷50號
電話◎02-27168888
郵撥帳號◎15261516號
皇冠出版社（香港）有限公司
香港銅鑼灣道180號百樂商業中心
19字樓1903室
電話◎2529-1778　傳真◎2527-0904
總 編 輯—許婷婷
責任編輯—蔡維鋼
行銷企劃—薛晴方
美術設計—吳佳璘、李偉涵
著作完成日期—2022年
初版一刷日期—2023年5月

法律顧問—王惠光律師
有著作權・翻印必究
如有破損或裝訂錯誤，請寄回本社更換
讀者服務傳真專線◎02-27150507
電腦編號◎506146
ISBN◎978-957-33-4015-7
Printed in Taiwan
本書定價◎新台幣320元／港幣107元

• 皇冠讀樂網：www.crown.com.tw
• 皇冠Facebook：www.facebook.com/crownbook
• 皇冠Instagram：www.instagram.com/crownbook1954
• 皇冠蝦皮商城：shopee.tw/crown_tw